AF202496

Tucholsky Wagner Zola Scott Sydow Freud Schlegel
Turgenev Wallace Fonatne
Twain Walther von der Vogelweide Fouqué Friedrich II. von Preußen
Weber Freiligrath Frey
Fechner Fichte Weiße Rose von Fallersleben Kant Ernst Richthofen Frommel
Fehrs Engels Fielding Hölderlin
Faber Flaubert Eichendorff Tacitus Dumas
Feuerbach Maximilian I. von Habsburg Fock Eliasberg Zweig Ebner Eschenbach
Ewald Eliot Vergil
Goethe Elisabeth von Österreich London
Mendelssohn Balzac Shakespeare
Lichtenberg Rathenau Dostojewski Ganghofer
Trackl Stevenson Hambruch Doyle Gjellerup
Mommsen Tolstoi Lenz Droste-Hülshoff
Thoma Hanrieder
Dach Verne von Arnim Hägele Hauff Humboldt
Reuter
Karrillon Rousseau Hagen Hauptmann Gautier
Garschin
Damaschke Defoe Hebbel Baudelaire
Descartes
Wolfram von Eschenbach Hegel Kussmaul Herder
Darwin Dickens Schopenhauer Rilke George
Bronner Melville Grimm Jerome Bebel Proust
Campe Horváth Aristoteles
Bismarck Vigny Barlach Voltaire Federer Herodot
Gengenbach Heine
Storm Casanova Tersteegen Gilm Grillparzer Georgy
Chamberlain Lessing Langbein Gryphius
Brentano Lafontaine
Strachwitz Claudius Schiller Kralik Iffland Sokrates
Katharina II. von Rußland Bellamy Schilling
Gerstäcker Raabe Gibbon Tschechow
Löns Hesse Hoffmann Gogol Wilde Gleim Vulpius
Luther Heym Hofmannsthal Klee Hölty Morgenstern
Roth Heyse Klopstock Kleist Goedicke
Luxemburg Puschkin Homer Mörike
La Roche Horaz Musil
Machiavelli
Navarra Aurel Musset Kierkegaard Kraft Kraus
Nestroy Marie de France Lamprecht Kind Kirchhoff Hugo Moltke
Nietzsche Nansen Laotse Ipsen Liebknecht
Marx Ringelnatz
von Ossietzky Lassalle Gorki Klett Leibniz
May vom Stein Lawrence Irving
Petalozzi
Platon Knigge
Sachs Pückler Michelangelo Kock Kafka
Poe Liebermann Korolenko
de Sade Praetorius Mistral Zetkin

Cinna oder Die Milde des Augustus

Pierre Corneille

Impressum

Autor: Pierre Corneille
Übersetzung: Adolf Laun
Umschlagkonzept: toepferschumann, Berlin

Verlag: tredition GmbH, Hamburg
ISBN: 978-3-8495-2949-9
Printed in Germany

Text der Originalausgabe

Cinna
oder
Die Milde des Augustus.

Tragödie
von
Pierre Corneille

Übersetzt von
Adolf Laun.

Leipzig
Druck und Verlag von Philipp Reclam jun.

Personen.

Octav, Caesar Augustus, *Römischer Kaiser.*

Livia, *Kaiserin.*

Cinna, *Sohn einer Tochter des Pompejus, Haupt der Verschwörung gegen Augustus.*

Maximus, *Einer der vornehmsten Verschworenen.*

Emilia, *Tochter des C. Toranius, der Augustus Vormund, und während*
des Triumvirats durch ihn verbannt war.

Fulvia, *Vertraute der Emilia.*

Polyklet, *Freigelassener des Augustus.*

Evander, *Freigelassener des Cinna.*

Euphorbes, *Freigelassener des Maximus.*

Ort der Handlung: *Rom, im kaiserlichen Palast.*

Erster Aufzug.

Erster Auftritt.

Emilia. Ihr ungeduldig wilden Rachetriebe,
Die meines Vaters Tod heraufbeschwört,
Ihr ungestümen Kinder meines Hasses,
Die schmerzbewegt in Blindheit ich umarme,
Ihr überwältigt allzusehr mein Herz,
Gönnt Ruhe mir für einen Augenblick,
Damit ich meine Lage überdenke
Und die Gefahren meines kühnen Plans.
Seh' ich Augustus auf des Ruhmes Gipfel,
Dann mahnet ihr mein trauernd Herz daran,
Daß er durch die Ermordung meines Vaters
Den Weg zum Thron, den er bestieg, sich bahnte.
Stellt ihr dies blut'ge Bild mir vor die Seele,
Das meines tiefsten Hasses Glut entfacht,
Dann folg' ich eurem Drängen, fühlend, daß
Für einen Tod ich tausend Tod' ihm schulde.
Doch wie gerecht mein Zorn auch sei, ich liebe
Cinna noch mehr als ich Augustus hasse;
Und bald entweicht mein Haß, wenn in Gefahr
Ich dafür des Geliebten Leben bringe.
Ja, Cinna, denk' ich der Gefahren, die ich
Für dich heraufbeschwor, dann zürn' ich mir.
Du kennst, gilt's mir zu dienen, keine Furcht,
Ich aber, wenn ich fremdes Blut von dir
Verlange, gebe ja dein eignes preis,
Denn ohne tausend Stürme zu erwecken,
Wird nimmer ein erhabnes Haupt gefällt.
Das End' ist ungewiß, nicht die Gefahr,
Ein Freund kann treulos deinen Plan verrathen,
Die That, zur Unzeit mangelhaft vollführt,
Fällt meistens auf den Thäter selbst zurück.
Dich selber trifft der Streich, den du vollführst,
Es reißt sein Untergang dich mit sich fort;
Was immer auch die Liebe für mich thut,

Stürzt er, wird dich sein Sturz mit ihm zerschmettern.
O meide diese tödtliche Gefahr,
Du rächst mich nicht, verlier' ich dich dabei.
Zu grausam ist ein Herz, das sich erlabt
An Freuden, welche Thränen nach sich ziehn,
Und wol darf für ein schlimmer Unglück gelten
Des Feindes Tod, der solche Thränen kostet.
Darf aber weinen, wer den Vater rächt?
Ist leicht nicht jeglicher Verlust dagegen?
Und wenn, Dank meinem Mühn! sein Mörder fällt,
Darf ich des Preises denken, den es kostet?
Fort feige Furcht, fort feige Zärtlichkeit,
Unwürd'ge Schwäche, laß mich frei, und du,
O Liebe, die du sie erweckst, bekämpfe
Nicht meine Pflicht, nein, lehr' mich sie erfüllen,
Ihr folgen ist dein Ruhm, nicht sie besiegen.
Sei edel, laß die Pflicht dich überreden,
Je mehr du gibst, je mehr wird sie dir geben
Und triumphiren nur, um dich zu krönen.

Zweiter Auftritt.

Emilia. Fulvia.

Emilia. Ich hab's geschworen, Fulvia, und schwör's;
Wie glühend auch mein Herz für Cinna schlägt;
Soll sein ich werden, muß Augustus fallen,
Um diesen Preis nur kann er mich gewinnen,
Ich schreib' ihm vor, was mir die Pflicht gebeut.

Fulvia. Nur zu viel Grund hast du zu Zorn und Haß,
Und zeigst durch deinen großen Plan dich würdig
Des Mannes, dem du deine Rache weihst.
Jedoch ermahnen muß ich dich aufs Neue:
Beschwicht'ge, wie gerecht er sei, den Zorn.
Was er an dir gefrevelt, sucht Augustus
Durch Wohlthat, die sich stets erneut, zu sühnen,
Wie günstig er dir ist, zeigt sich so klar,

Daß Niemand dir an Ansehn bei ihm gleicht,
Und selbst die Ersten in der Höflingsschaar
Flehn dich schon an für sie dich zu verwenden.

Emilia. Die Gunst bringt mir den Vater nicht zurück
Und wie ich Allen auch erscheinen mag,
An Gütern reich und groß an Macht und Ansehn,
Bleib' ich doch stets die Tochter des Verbannten.
Wohlthat gewinnt nicht immerdar das Herz,
Beleid'gung ist sie aus verhaßter Hand;
Sie dem erweisen, welcher hassen kann,
Heißt zum Verrathen ihm die Waffen leihn.
Mein Herz gewinnt er nicht durch seine Güte,
Ich bin noch was ich war, doch ich vermag
Jetzt noch viel mehr; mit dem, was er mir schenkt,
Kauf' ich mir gegen ihn das Herz der Römer.
Räumt er den Platz mir Livias ein, mir wird's
Ein sichres Mittel sein, ihn zu verderben.
Verbrechen gibt es nicht für den, der Rache
Dem Vater weiht, und wer durch Wohlthat sich
Bestechen läßt, verräth sein eignes Blut.

Fulvia. Warum dich so mit deinem Undank brüsten,
Kannst du nicht hassen ohne Haß zu zeigen?
Auch ohne dich vergißt man nicht die Greul,
Durch die er sich den Thron erworben hat.
Manch tapfrer Römer, manch erlauchtes Opfer,
Das frevelnd seinem Ehrgeiz er geschlachtet,
Ließ in der Kinder Herzen Haß genug
Zurück, um deines Vaters Tod zugleich
Mit ihrem eignen Mißgeschick zu rächen,
Man hat's versucht und wird's aufs Neu' versuchen,
Der lebt nicht lange, den ein Jeder haßt.
Stell' Allen das gemeine Wohl anheim
Und mit geheimem Wunsch folg' ihren Plänen.

Emilia. Ihn hassen soll ich und soll ihm nicht schaden,
Vom Zufall seinen Untergang erwarten,
Mit eitlem Haß, mit wirkungslosem Wunsch
Soll ich dem Drange meiner Pflicht genügen?

Sein Tod, wie sehr erwünscht, wär' mir nur schmerzlich,
Rächt er die Anderen, den Vater nicht
Und meine Thränen sähst du fließen, brächte
Sein Tod nicht Rache mir für meinen Vater.

Wo das gemeine Wohl uns selbst berührt,
Ist's Feigheit Andern es zu überlassen;
Dem Ruhm, die Tyrannei zu strafen, soll
Der eignen Rache Süßigkeit sich einen.
Durch ganz Italien soll verkündet werden:
»Roms Freiheit ist Emiliens Werk; ihr Herz
Ward von der Liebe Macht berührt, doch hat
Sie nur um diesen Preis es hingegeben.«

Fulvia. Ein unheilvoll Geschenk ist deine Liebe,
Die den Geliebten dem Verderben weiht.
Bedenke die Gefahren, die ihm drohn,
Wie Mancher scheiterte an diesen Klippen,
Du schickst ihn in den offenbaren Tod.

Emilia. Du weißt des Herzens schwächsten Punkt zu treffen.
Bedenk' ich, was ich ihm heraufbeschwöre,
Bringt mir die Todesangst um ihn den Tod.
Zwiespältig liegt mein Sinn mit sich im Streit,
Ich will und will dann wieder nicht. Ich raffe
Mich kühn zum Handeln auf, ich zaudre dann
Und wage nicht; ja das Gefühl der Pflicht
Wird schwach und weicht dem Aufruhr meiner Seele.

Beruh'ge dich, mein stürmisches Gemüth,
Wie groß das Wagniß sei, weil er's besteht,
Cinna ist doch deshalb noch nicht verloren,
Ob viel Legionen den August bewachen,
Wie sorgsam er sein Leben auch beschütze,
Anheim fällt's dem, der's eigene mißachtet.
Je größer die Gefahr, je größrer Lohn!
Voran geht kühner Muth, es folgt der Ruhm.
Es mög' August, es möge Cinna fallen,
Ich schuld' ein Opfer meines Vaters Manen!
Cinna versprach's, als er mein Wort erhielt,
Die That allein nur macht ihn meiner würdig.

Auch wär's zu spät dem Plane zu entsagen,
Schon heut versammeln die Verschwornen sich,
Ort, Zeit, die Hand zur That wird heut' bestimmt,
Dann gilt's nach ihm dem Tode sich zu weihn.

Dritter Auftritt.

Cinna. Emilia. Fulvia.

Emilia. Jedoch er kommt. Sind, Cinna, die Verschwornen
Aus Furcht vor der Gefahr nicht irr geworden?
Hast du auf deiner Freunde Stirn gelesen,
Daß sie entschlossen sind ihr Wort zu halten?

Cinna. Niemals ist gegen Tyrannei ein Plan,
Der Bessers hoffen ließ, geschmiedet worden.
So eifrig wurde nie ein Mord beschlossen;
Es schien, so großen Eifer zeigten sie,
Als triebe sie, wie mich, dazu die Liebe.
Der Ingrimm, den sie zeigen, ist so groß,
Als wollten sie wie du den Vater rächen.

Emilia. Wohl wußt' ich, daß zu solchem Unternehmen
Cinna die Tapfersten der Männer wählen
Und nicht in schlechte Hand Emiliens Sache,
Die aller Römer Sache, legen würde.

Cinna. O hättest du gesehn, wie thatendurstig
Die Schaar dem großen Werk entgegeneilt;
Beim bloßen Wort: Augustus, Cäsar, Kaiser,
Wie flammten ihre Augen schon vor Wuth!
Bei wechselnder Empfindung ward die Stirn
Bald roth vor Zorn und bald vor Schrecken bleich.
»Heut', Freunde, sprach ich, ist der große Tag,
Wo unser edler Plan That werden soll.
Roms Schicksal ward in unsre Hand gelegt,
Roms Heil hängt ab von eines Menschen Fall,
Wenn, wer nicht Mensch, den Namen Mensch verdient.
Der Tiger, der nach Blut der Römer lechzt,

Wie mancherlei hat er drum angezettelt,
Wie häufig Bündniß und Partei gewechselt,
Bald des Antonius Freund und bald sein Feind,
War niemals halb er grausam oder frech.
Dann sprach ich von der Schmach, die unsre Väter,
Als wir noch Kinder, zu erdulden hatten,
Ich rief den Haß mit der Erinnrung wach,
Entflammend ihres Herzens Rachbegier.
Ich zeichnete ein Bild der blut'gen Schlachten,
Wo Rom mit eigner Hand sich selbst zerfleischte,
Der Adler mit dem Adler kämpfte, wo
Die Freiheit vor den Legionen wich;
Wo unsre besten Führer und Soldaten
Im Bann der Knechtschaft ihre Ehre suchten,
Wo sie, um fester noch der Ketten Last
Zu schmieden, nach des Weltalls Unterjochung
Ihr Streben richteten und für den Ruhm,
Ihm einen Herrn zu geben, sich den Namen
Verräther selbst gefallen ließen, wo
Um des Tyrannen Wahl mit Römern Römer,
Verwandte mit Verwandten Kriege führten.

Zu dieses Bildes Greul fügt' ich das Bild
Der rohen, wilden Zwietracht noch hinzu,
Die allen Reichen, Edlen, dem Senat
So unheilvoll geworden, kurz, ich führte das
Triumvirat vor ihren Geist, doch war
Mir keine Farbe schwarz genug, um ihnen
Die tragischen Geschichten vorzuführen:
Wie man wetteifernd sich gefällt im Morde,
Wie man auf offnem Platz den Einen tödtet,
Den Andern an des Hausgotts heil'gem Herd;
Wie zum Verbrechen sie der Lohn verlockt,
Im Bett der Mann vom Weib erdrosselt wird,
Des Sohnes Hand vom Blut des Vaters träuft
Und er für den Erschlagnen Lohn verlangt.
Und doch war's nur ein schwaches Bild des Friedens,
Deß sie sich nach so blut'gem Kampf erfreuten.

Soll ich die Großen nennen, deren Tod
Mir dazu diente ihren Muth zu stacheln?
Die Edlen alle, die Verbannten, die
Man am Altare selbst geschlachtet hat?
Ich kann die Ungeduld, die Wuth nicht malen,
Die meine schwache Schildrung solcher Greul
Hervorrief in der Seele der Verschwornen.
Da, als ich sah wie sie vor Zorn erbebten
Und wie zu jedem Thun bereit sie waren,
Nahm ich des Augenblickes wahr und sprach:
Die Scheußlichkeiten alle, der Verlust
Der Freiheit und der Güter, die Verheerung
Der Städte und der Dörfer, Plünderung,
Verbannung, Acht und Bürgerkriege waren
Für ihn die blut'gen Stufen nur zum Thron,
Den er bestieg, um uns zu unterwerfen.
Die Zeit ist da, des Schicksals Lauf zu wenden,
Von drei Tyrannen blieb nur er zurück,
Beseitigt hat er jene beiden andern,
Die ihm an Bosheit ebenbürtig waren,
Und selber so der Stützen sich beraubt.
Kein Rächer wird sich finden, wenn er todt,
Und Rom wird durch die Freiheit neu geboren,
Den Namen Römer werden wir verdienen,
Wenn unsre Hand der Knechtschaft Joch zerbrach. –
Ergreift die günstige Gelegenheit,
Er opfert morgen auf dem Capitol.
Das Opfer soll er selber sein und dort
An ihm der Welt Gerechtigkeit geschehn
Im Angesicht der Götter. Unsre Schaar
Ist's, die sein einziges Gefolge bildet.
Aus meiner Hand nimmt Weihrauch er und Schale,
Dieselbe Hand soll zum Signal, statt Weihrauch
Zu reichen, des Tyrannen Herz durchbohren.
Bekunden soll sein Opfertod, daß ich
Entsproß dem edlen Blute des Pompejus.
Beweiset denn auch ihr, daß ihr euch noch
Erinnert euerer erlauchten Ahnen.
Geendet hab' ich kaum, als Jeder mir

Hochherz'gen Sinnes seine Treue schwört.
Zwar wünscht ein Jeder an so günst'gem Tage
Den Ruhm des ersten Streichs, den ich für mich
Erkor, doch die Vernunft bezähmt den Eifer.
Ein Trupp, von Maximus geführt, besetzt
Das Thor, ein andrer, der mir folgt, soll ihn
Umzingelnd, meines Winks gewärtig sein.
So, theuere Emilia, steht es jetzt,
Mein harret morgen Liebe oder Haß,
Mich nennt man dann Befreier oder Mörder,
Den Cäsar Kronenräuber oder Fürst,
Und Ruhm bringt oder Schmach uns der Erfolg
Deß, was wir gegen den Tyrannen wagen.
Das Volk, deß Sinn so leicht sich ändert, haßt
Den Todten und verehrt den Lebenden.
Ob feind, ob günstig mir die Götter sind,
Ob sie dem Ruhm mich, ob dem Tode weihn,
Ob Rom sich für, ob gegen uns erklärt,
Genehm ist mir's, wenn ich für dich nur sterbe.

Emilia. O fürchte nicht Befleckung deines Ruhms,
Ob es gelingt, ob nicht, er bleibt dir stets.
Bei solchem Plan gefährdet Mißerfolg
Dein Leben wol, doch nimmer deine Ehre.
Denk' an des Brutus und des Cassius Unglück!
Ward ihres Namens Glanz dadurch getrübt?
Ward ihr erhabner Plan dadurch vereitelt,
Und nennt man sie die letzten Römer nicht?
Man schätzt in Rom ihr Angedenken hoch,
So hoch, wie man des Cäsar Leben haßt.
Er herrscht als Sieger dort, doch sie beweint man;
Voll Sehnsucht rufen Alle sie zurück.

Auf ihrer Spur verfolg' der Ehre Bahn,
Doch sei besorgt, dein Leben zu erhalten.
Gedenke stets an unsrer Liebe Glut,
Daß dir Emilia und der Ruhm zu Theil wird,
Daß du dein Herz mir schuldest, meine Gunst
Dir winkt und dir mein Leben theuer ist

Und wie das meine abhängt von dem deinen.
Doch was führt den Evander her zu uns?

Vierter Auftritt.

Cinna. Emilia. Evander. Fulvia.

Evander. Cäsar verlangt nach dir und Maximus.

Cinna. Nach mir und ihm? hast du auch recht gehört?

Evander. In deinem Haus harrt Polyklet auf dich,
Er wäre selbst gekommen dich zu holen,
Wenn's meine Klugheit nicht verhindert hätte,
Ich kam um dich zu warnen, Cäsar drängt.

Emilia. Der Unternehmung Häupter ruft er zu sich,
Zur selben Zeit euch Beid'! Ihr seid entdeckt!

Cinna. So Schlimmes fürchte nicht.

Emilia.   Ach Cinna, ich
Verliere dich. Der Götter Eigensinn
Erkor uns den Tyrannen. Zweifle nicht,
Verrath schlich unter deine Freunde sich.
Schon Alles weiß August, er ruft euch Beide
Zu sich und sein Entschluß ist rasch gefaßt.

Cinna. Nicht läugn' ich, der Befehl setzt mich in Staunen,
Doch oft schon ließ mich Cäsar zu sich rufen,
Und Maximus ist gleichfalls sein Vertrauter.
Vielleicht mit Unrecht quält uns der Verdacht.

Emilia. O Cinna, suche nicht dich selbst zu täuschen,
Und meinen Schmerz treib' nicht aufs Aeußerste.
Wenn du hinfüro mich nicht rächen kannst,
Entziehe dich der tödtlichen Gefahr,
Und meide Cäsars Groll, den nichts versöhnt.
Wie manche Thräne weint' ich meinem Vater,
Vermehr' nicht meinen Schmerz durch neuen Schmerz,
Laß den Geliebten mich nicht auch beweinen!

Cinna. Wie, soll ein bloßes Schreckbild mich bewegen,
Das Wohl des Staats und deines zu verrathen,
Soll ich durch Feigheit den Verdacht erregen,
Aufgeben Alles, wo's zu wagen gilt?
Wenn du es thust, was wird aus unsern Freunden?

Emilia. Und was aus dir, erfährt man die Verschwörung?

Cinna. Wenn's niedre Seelen gibt mich zu verrathen,
Bleibt meine Tugend doch sich selber treu.
Du wirst sie strahlen sehn am Rand des Abgrunds,
Dem Tode trotzend sich mit Ruhm bedecken,
August wird das vergoßne Blut beklagen
Und zittern, wenn mich seine Hand vernichtet.
Verdacht erweck' ich, wenn ich länger zögre.
Leb wohl, befest'ge dich in edlem Muth.
Muß ich so bitterm Loos mich unterwerfen,
Sterb' ich zugleich unglücklich und beglückt,
Beglückt, für dich das Leben hinzugeben,
Unglücklich, wenn mein Tod zu nichts dir dient.

Emilia. Geh' nur, laß dich durch mich nicht länger halten,
Ich war bestürzt, doch klarer seh' ich jetzt,
Verzeihe meiner Liebe diese Schwäche.
Vergeblich wär' es, suchtest du zu fliehn,
Wär' Alles schon entdeckt, dann hätt' August
Dafür gesorgt, daß es dir nicht gelänge.
So geh' und zeig' ihm deinen Mannestrotz,
Der unsrer Lieb' und deines Ursprungs würdig,
Und mußt du sterben, stirb als Roma's Bürger,
Es krön' ein schöner Tod den schönen Plan!
Bist du dahin, hält mich hier nichts zurück,
Dein Tod führt meine Seele hin zur deinen
Mein Herz, getroffen von demselben Streich –

Cinna. O, laß, ob todt, in dir mich weiter leben
Und noch im Sterben hoffen, daß zugleich
Du mit dem Vater den Geliebten rächst.
Zu fürchten hast du nichts, der Freunde keiner
Erräth, was du ersannst und mir versprachst.

Als ich von Roma's Unglück sprach, da schwieg ich
Von jenem Mord, der unsern Haß erweckte,
Damit mein eifriges Bemühn für dich
Das Bündniß unsrer Liebe nicht verriethe;
Evander weiß und Fulvia nur darum.

Emilia. Zu Livien geh' ich jetzt mit wen'ger Sorge.
Bei dem, was dich bedroht, kann ich ihr Ansehn
Wie auch das meinige zur Geltung bringen,
Vermag ich aber nicht dich zu befrein,
Dann hoffe nicht, daß ich dich überlebe.
Dein Loos soll meines Schicksals Lenker sein.
Rett' ich dich nicht, folg' ich dir in den Tod.

Cinna. O schone dich um unsrer Liebe willen.

Emilia. So geh', sei eingedenk, daß ich dich liebe!

Zweiter Aufzug.

Erster Auftritt.

Augustus. Cinna. Maximus. Höflinge.

Augustus. Zieht euch zurück und Niemand lasset ein,
Du, Cinna, bleib und du auch, Maximus.
  (Alle ziehen sich zurück außer Cinna und Maximus.)
Die Herrschaft über Land und Meer, die Macht,
Die übers Weltall mir gegeben ward;
Der Hoheit Größe, der erlauchte Name,
Der so viel Blut und Mühe mir gekostet;
Kurz Alles, was die läst'ge Höflingsschaar
In meinem Glücke zu umschmeicheln pflegt,
Ist doch nur jener trügerische Glanz,
Der kaum genossen, Ueberdruß erweckt.
Gesättigt, zeugt der Ehrgeiz Mißbehagen,
Und Kälte folgt der brennenden Begier,
Und unser Geist, der bis zum letzten Seufzer
Auf dies und jenes wechselnd hin sich lenkte,
Kehrt in sich selbst zurück, um von dem Gipfel,
Den er erklommen hat, herabzusteigen. –
Die Herrschaft war mein Ziel, ich hab's erreicht,
Doch was gewünscht ich hatte, kannt' ich nicht,
Und der Besitz gab für verträumtes Glück
Mir Unruh' nur und ew'ge Sorg' und Qual,
Geheime Feinde, Tod auf allen Seiten
Und nirgends eine Freude, nirgends Ruh.
Vor mir besaß Sulla die höchste Macht,
Der große Cäsar folgte ihm darin,
Doch so verschieden dachten sie, daß jener
Sie niederlegt' und dieser sie bewahrte.
Der Eine rauh, barbarisch, ward geliebt
Und starb in Frieden wie ein guter Bürger,
Der Andre aber sanft und gütig, ward
Inmitten des Senates hingemordet.
Wol könnte solch' ein Beispiel mich belehren,
Genügt' ein Beispiel schon um mich zu leiten.

Das eine winkt mir und das andre schreckt mich.
Doch oft ist's nur ein trügerischer Spiegel.
Das Schicksal, welches unsern Geist beängstigt,
Ist nicht in der Vergangenheit zu lesen.
Der Eine fällt, der Andre steigt empor,
Was diesen stürzt, dient Jenem sich zu retten.

Das, Freunde, ist es, was mir Kummer macht,
Für mich seid ihr Agrippa und Mäcen,
Wie sie übt euren Einfluß aus auf mich
In dem, was wir so oft erobert haben;
Bedenkt den Glanz nicht jener höchsten Macht,
Die Rom verhaßt und mir so lästig ist.
Seht nur in mir den Freund und nicht den Herrn.
August, Rom, Staat, in eurer Hand liegt Alles!
Soll Asia, Europa, Afrika
Dem Willen eines Herrschers folgen oder
Republikanischem Gesetz sich beugen?
Zu meiner Richtschnur mach' ich eure Meinung,
Und so nur will ich, sei's ein Kaiser, sei's
Ein bloßer Bürger sein im Röm'schen Staat!

Cinna. Bin ich erstaunt der Frag' auch nicht gewachsen,
Gehorchen werd' ich doch, weil du's befiehlst.
Und meine Ehrfurcht soll mich nicht verhindern,
Die Ansicht, der du huldigst, zu bekämpfen.
Gestatte mir's, dein Ruhm liegt mir am Herzen,
Und du bist in Gefahr ihn zu beflecken,
Wenn du dich solchen Stimmungen ergibst
Und alle deine Handlungen verdammst.

Was von Verbrechen frei man sich errang,
Frei von Gewissensqual darf man's bewahren;
Je größer das ist, welchem man entsagte,
Je mehr erscheint's als ungerecht erworben.
O Herr, beflecke so mit Makel nicht
Die Tugend, die dich zum Monarchen machte,
Du bist's mit Recht, und ohn' ein Staatsverbrechen
Hast du die Form der Herrschaft umgewandelt.
Durch's Recht des Kriegs ist Rom dir unterthan,

Das unter sein Gesetz das Weltall beugte;
Mit deinen Waffen hast du es erobert.
Nicht stets ist der Erobrer ein Tyrann,
Weil er der Herrschaft sich bemächtigt hat,
Wer mit Gerechtigkeit das Land verwaltet,
Der ist mit Recht des Landes Herr und Fürst;
Und also that auch Cäsar, sein Gedächtniß
Mußt du verwerfen oder thun wie er.
Mißbilligst du den Drang nach höchster Macht,
Dann starb mit Recht auch Cäsar als Tyrann.
Dann bist du Rechenschaft den Göttern schuldig
Für alles Blut, das du für ihn vergossen,
Um dich zu seinem Rang emporzuschwingen.
Befürchte nicht, o Herr, sein traurig Loos,
Denn dich beschützet eine höhre Macht,
Dir stellte man vergeblich zehn Mal nach,
Der Mordversuch auf ihn gelang sogleich.
Man spinnt Verrath, doch Niemand führt ihn aus,
Zwar gibt es Mörder noch, doch keinen Brutus,
Und muß man seinem Schicksal unterliegen,
So ist es schön als Herr der Welt zu sterben.
Das, Herr, ist meine Meinung und ich glaube,
Daß Maximus dasselbe mit mir denkt.

Maximus. Gewiß, Augustus hat ein Recht zur Herrschaft,
Die er durch seine Tugend sich erwarb.
Doch, daß er ohne seinem Ruhm zu schaden
Der Last des Throns sich nicht entled'gen konnte,
Daß Cäsar er dadurch der Tyrannei
Bezüchtigte und daß er seinem Tod
Rechtfertigung verlieh, muß ich verneinen.

Das Reich, o Herr, und Rom gehören dir,
Frei darf ein Jeder schalten mit dem Seinen;
Er kann's bewahren, kann sich sein entled'gen,
Was Jeder darf, das solltest du nicht dürfen?
Du willst, weil du dir Alles unterwarfst,
Ein Sclav' der Größe sein, die du errangst?
Beherrsche sie, doch laß dich nicht beherrschen,
Dich binden soll sie nicht, sie soll dir weichen.

Verkünde Allen, daß was sie umschließt,
Vor deiner Größe jetzt in Staub zerfällt.
Dein Rom hat einst dir die Geburt verliehn,
Dafür willst du ihm deine Allmacht geben.
Der Edelmuth, mit dem du es beschenkst,
Den legt dir Cinna als Verbrechen aus.
Die Liebe zu dem Vaterlande nennt er
Gewissensbisse, also wird sogar
Der Ruhm geschädigt durch der Tugend Glanz.
Verachten müßte man ja solche Tugend,
Wenn ihrer Mühe Lohn die Schande wär';
Gern geb' ich zu, daß durch so schöne Handlung
Rom mehr von dir empfängt als es dir gibt;
Doch ist es kein Verbrechen, wenn der Dank
Der Gabe Werth bei weitem übersteigt.
Dem Himmel folge, welcher dich begeistert,
Es wächst dein Ruhm, wenn du dem Thron entsagst,
Fort durch die fernste Zeit, nicht weil du ihn
Bestiegst, nein, weil du bist herabgestiegen.
Ihm zu entsagen fordert hohe Tugend
Und wenig Edle gehn so weit, daß sie
Der Herrschaft Süßigkeit verschmähn, nachdem
Sie einen Thron erlangt; bedenke auch,
Daß du in Rom regierst, wo, wie auch immer
Der Hof dich nennt, die Monarchie gehaßt wird,
Der Kaisername, den der Königsname
Nur schwach umhüllt, flößt gleichen Abscheu ein.
Wer dort zum Herrn sich macht, der heißt Tyrann,
Wo Sclav' heißt, wer ihm dient, Verräther, wer
Ihn liebt und feige, wer vor ihm sich beugt,
Man nennt es Tugend, sich von ihm befrein.
Du hast davon die sichersten Beweise!
Vergebens stellte man dir zehn Mal nach,
Vielleicht versucht man es zum eilften Mal.
Und ist die Regung, welche du empfindest,
Ein leiser Wink, den dir der Himmel sendet,
Der dich zu retten nur dies Mittel hat.
O setze dich nicht solchem Unheil aus.
Zwar ist es schön, als Herr der Welt zu sterben,

Doch bleibt der schönste Tod ein Makel immer,
Wo wir mit höhrem Ruhme leben konnten.

Cinna. Gilt's hier die Liebe zu dem Vaterlande,
Dann mußt du nur sein Wohl im Auge haben,
Die Freiheit, die als theures Gut erscheint,
Ist doch für Rom nur ein erträumtes Gut,
Verderblich mehr als nützlich kommt's nie gleich
Dem, was ein guter Fürst bewirken kann.
Er theilt die Aemter aus nach Fug und Recht,
Er lohnt und straft nach reiflicher Erwägung,
Er herrscht ob Allem als rechtmäß'ger Herr,
Zur Ueberstürzung treibt ihn keine Furcht
Vor Nebenbuhlern, die ihm schaden könnten.
Doch wo das Volk der Herr ist, herrscht Tumult
Und Niemand hört die Stimme der Vernunft;
Ehrgeiz'gen werden Würd' und Amt verkauft,
Aufrührern wird die höchste Macht zu Theil.
Die kleinen Herrn nur für ein Jahr gewählt,
Ermessend ihrer Herrschaft kurze Dauer,
Ersticken manchen schönen Plan im Werden,
Damit, wer ihnen folgt, die Frucht nicht pflücke.
Gering nur ist ihr Antheil an des Staates Schatz,
Doch sie verstehen sich auf reiche Ernten
Und rechnen auf Verzeihung gern bei denen,
Die ihrerseits auf gleiche Nachsicht rechnen.
Die schlimmste Staatsform ist die Republik!

Augustus. Doch sie allein vermag Rom zu gefallen.
Der Königshaß, den seit fünfhundert Jahren
All' seine Kinder mit der ersten Milch
Einsaugen, ist schon viel zu fest gewurzelt,
Als daß er je aus ihren Herzen schwände.

Maximus. Herr, wisse, Rom beharrt in seiner Krankheit
Und von Genesung will das Volk nichts wissen,
Gewohnheit ist hier stärker als Vernunft,
Es ist verliebt in jenen alten Irrthum,
Von welchem Cinna es befreien möchte;
Dadurch hat sich's das Weltall unterworfen,

Ist über's Haupt der Kön'ge weggeschritten,
Es hat, Provinzen plündernd, sich bereichert,
Und mehr bot selbst der beste Fürst ihm nicht.

Behaupten möcht' ich, daß dieselbe Staatsform
Sich nicht für alle Himmelsstriche eigne;
Was dem Charakter eines Volks gemäß,
Läßt sich nicht ändern, ohne ihn zu schäd'gen.
Es ist ein göttliches Gesetz, das weise
Die Mannichfaltigkeit dem Weltall schenkt.
Der Macedonier liebt die Monarchie,
Den Freistaat lieben alle andern Griechen.
Die Parther, Perser, wollen einen Herrn,
Das Consulat allein paßt für die Römer.

Cinna. Wahr ist's, daß nach der Götter hohem Rath
Jedwedem Volk ein andrer Geist zu Theil ward.
Doch ist's nicht minder wahr, daß dies Gesetz
Nach Ort und Zeit sich zu verändern pflegt.
Rom dankt den Kön'gen Ursprung und Erbauung,
Doch Ruhm und Macht kam ihm von seinen Consuln,
Und jetzt empfängt's durch deine seltne Güte
Die höchste Fülle glücklichen Gedeihns.
Nicht plündern fremde Heere mehr den Staat.
Der Janustempel ward durch dich geschlossen,
Was nur ein einzig Mal zur Zeit der Consuln
Und unterm zweiten König vorgekommen.

Maximus. Die Staatsveränderung, die der Himmel sendet,
Verlangt kein Blut, ist nicht verhängnißvoll.

Cinna. Nach ewigem Gesetz verleihn die Götter
Uns große Güter nur um hohen Preis.
Tarquins Verbannung hat uns Blut gekostet,
Und Kriege brachten uns die ersten Consuln.

Maximus. So widerstand Pompejus auch den Göttern,
Als er für uns der Freiheit Kampf bestand.

Cinna. Beschloß der Himmel nicht sie zu vernichten,
Dann hätt' er durch Pompejus sie vertheidigt,
Er wählte seinen Tod, daß er auf ewig

Ein Denkmal dieser großen Wandlung sei:
Den Manen eines solchen Mannes war
Er schuldig, daß der Ruhm, die Freiheit Roms
Mit sich davon zu tragen, ihnen ward.
Der Name Freiheit dient nur zum Verblenden,
Die Größe hindert den Genuß daran.
Seit Rom die Herrscherin der Welt geworden,
Seit Ueberfluß in ihren Mauern herrscht,
Seit große Thaten ihrem Schooß entspringen,
Und Bürger, die noch mächt'ger sind als Kön'ge,
Erkauften Große sich des Volkes Stimme.
Sie nehmen prahlend ihren Herrn in Dienst,
Der sich mit goldnen Ketten fesseln läßt,
Und der gehorcht, wo er zu herrschen glaubte;
Der Neid ruft Hinterlist hervor, der Ehrgeiz
Führt blutige Verbindungen herbei.
So ward auf Sulla Marius eifersüchtig,
Cäsar auf meinen Ahn und Mark-Anton
Auf dich; so dient die Freiheit nur dazu
Die Wuth der Bürgerkriege anzufachen,
Wenn so verderblich rings Verwirrung herrscht,
Will man hier nicht den Herrn, dort nicht den Gleichen.

In eines guten Führers Hand, o Herr,
Muß Rom zu seiner Rettung sich vereinen.
Wenn du's nicht zu beglücken denkst, so nimm
Ihm wenigstens die Mittel zum Zerwürfniß.
Als Sulla nach der Oberherrschaft strebte,
Bahnt' er den Weg dem Cäsar und Pompejus,
Den uns die Unglückszeit gebracht nicht hätte.
Hätt' er in seinem Haus die Macht befestigt.
Was Andres brachte Cäsars Tod dir ein
Als Feindschaft von Anton und Lepidus?
Sie hätten Rom durch Römer nicht zerstört,
Wenn Cäsar dir die Herrschaft überließ.
Gibst du das Reich auf, dann verfällt es wieder
Ins Mißgeschick, aus dem sich's kaum gerettet,
Und was an Blut ihm übrig noch geblieben,
Das würden Bürgerkrieg' aufs Neu' vergießen.

Laß dich das Vaterland, das Mitleid rühren,
So fleht durch meinen Mund dein Rom dich an.
Erwäge, welchen Preis du Rom gekostet,
Es hält dich für zu theuer nicht erkauft,
Ihm ward ein schöner Lohn für seine Leiden,
Doch fühlt es sich mit Recht von Furcht ergriffen,
Wenn neidisch auf sein Glück, des Herrschens müde,
Was es nicht wahren kann, du ihm zurückgibst:
Muß es um gleichen Preis ein andres Gut
Erkaufen, ziehst dein Wohl du seinem vor
Und bringst du's dadurch zur Verzweiflung, dann
Wag' ich nicht auszusprechen, was mir ahnt.
Bewahre, dich erhaltend, Rom den Herrn,
Auf daß sein neues Glück aufs Neu' erblüht,
Und setz', um der Gesammtheit Wohl zu gründen,
Den Erben ein, der deiner würdig ist.

Augustus. So lassen wir's dabei, das Mitleid siegt,
Die Ruhe ist mir lieb, doch Rom mir lieber;
Und welch' ein Unheil mir auch drohen möge,
Ich füge mich darein, um Rom zu retten.
Und, Cinna, sehnt sich auch mein Herz nach Ruhe,
Die Herrschaft, wie du räthst, will ich bewahren,
Doch nur, damit ihr euren Theil dran habt,
Ich weiß, daß euer Herz mir nichts verheimlicht,
Und daß beim Rath, den ihr mir gebt, ihr nur
Den Staat und mein persönlich Wohl bedenkt.
Aus Liebe kämpfte euer Geist für mich
Und jetzt wird euch der Lohn dafür zu Theil.

Mein Maximus, verwalte du Sicilien,
Bedenke, daß du dort für mich regierst,
Daß, was du thust, auf meinen Namen kommt.
Zur Gattin geb' ich, Cinna, dir Emilia,
Du weißt, daß sie an Julia's Stelle trat,
Und wenn der Zeiten Noth von mir erheischte,
Daß meine Strenge ihren Vater traf,
Mein Schatz seitdem ihr immer offen stand,
Um ihr die Last des Unglücks zu erleichtern.
Als mein Gesandter such' sie zu gewinnen,

Du bist kein Mann, den sie verachten darf,
Du wirst durch deinen Antrag sie erfreun.
Lebt wohl, ich eile Livien dies zu melden.

Zweiter Auftritt.

Cinna. Maximus.

Maximus. Was willst du thun nach so viel schönen Reden?

Cinna. Was ich gewollt, das werd ich immer wollen.

Maximus. Ein Haupt des Bundes schmeichelt dem Tyrannen!

Cinna. Ein Haupt des Bundes läßt ihn unbestraft!

Maximus. Frei will ich Rom von Fesseln sehn!

Cinna.   Bedenke,
    Daß ich's zugleich befrein und rächen will.
    Octav hat also die Altare plündernd,
    Das Land verwüstend, unser Leben opfernd
    Und Rom mit Leichen deckend, seiner Wuth
    Genügt, und glaubt, daß mit Gewissensbissen
    Die Schuld er sühnt; jetzt, wo durch unsre Hand
    Die Götter sich bereiten ihn zu strafen,
    Soll eitle Reu' ihm Sicherheit gewähren?
    Das hieße reizen einen Andern, bleibt
    Er ungestraft, zu Aehnlichem verführen.
    Nein, rächen wir uns, seine Straf' erschrecke
    Den, der gleich ihm, nach Kron' und Scepter strebt.
    Das Volk gehöre nicht mehr den Tyrannen!
    Wär' Sulla seiner Straf' anheimgefallen,
    Dann hätte Cäsar nicht so viel gewagt.

Maximus. Doch Cäsars Tod, der dir gerecht erscheint,
    Hat dem August als Vorwand nur gedient
    Zu seinen Grausamkeiten, Brutus war
    Im Irrthum, als er uns befreien wollte,
    Hätt' er nicht Rom durch Cäsars Mord gerächt.
    Dann hätt' Augustus weniger gewagt.

Cinna. Des Cassius Fehler und der Schrecken machten,
  Daß Rom aufs Neu' der Tyrannei verfiel,
  Doch solch' ein Unheil wird nicht wieder kommen,
  Sind Roms Beherrscher wen'ger unbesonnen.

Maximus. Noch lange hin ist's, bis wir zeigen können,
  Daß wir's mit größrer Klugheit lenken würden.
  Nur wenig ist's, wenn man ein Glück verschmäht,
  Um das man mit Gefahr des Todes rang.

Cinna. Noch wen'ger, wenn man glaubt, man könn' ein Uebel
  Ausrotten, wenn man nicht die Wurzel trifft,
  Bei solcher Heilung Milde zeigen, heißt
  Gift in die Wunde träufeln, die man schließt.

Maximus. Du willst sie blutig und machst sie gefährlich.

Cinna. Du schmerzlos und du heftest Schmach ihr an.

Maximus. Wer seine Ketten bricht, kennt keine Schmach.

Cinna. Doch wer nicht tapfer, macht sich nimmer frei.

Maximus. Die Freiheit reizt und ist des Strebens werth,
  Sie ist für Rom ein hoch zu schätzend Gut.

Cinna. Rom wird's nicht schätzen, kommt's aus einer Hand,
  Die müde ward, das Volk zu unterdrücken,
  Es ist zu stolz zur Freude am Tyrannen,
  Der des Bedrückens satt, es von sich stößt.
  Des Ruhmes wahre Freunde hassen ihn
  Zu sehr, um seiner Gaben sich zu freun.

Maximus. So ist Emilia dir des Hasses werth?

Cinna. Von ihm sie zu erhalten widersteht mir.
  Hab' ich an ihm die Leiden Roms gerächt,
  Dann biet' ich ihm sogar im Orcus Trotz,
  Hab' ich sie mir durch seinen Tod verdient,
  Dann soll mit ihrer meine blut'ge Hand
  Sich einen, über seiner Asche will
  Ich mich mit ihr vermählen. Wenn's geschah,
  Dann sollen die Geschenke des Tyrannen
  Mir die Belohnung seines Todes werden.

Maximus. Wie, darfst du, mit des Mannes Blut befleckt,
  Den sie wie einen Vater liebt, noch hoffen
  Ihr zu gefallen, denn du denkst doch nicht
  Daran, sie mit Gewalt dir zu erringen?

Cinna. Hier im Palast behorcht man uns gar leicht,
  Und unbesonnen wäre es von uns,
  An solchem Ort Vertrauliches zu reden,
  Drum laß uns gehn, daß ich in Sicherheit
  Mit dir nach Mitteln forschen könne, die
  Auf leichtem Weg uns hin zum Ziele führen.

Dritter Aufzug.

Erster Auftritt.

Maximus. Euphorbes.

Maximus. Emilien liebt er und sie liebt ihn wieder;
Er selbst gestand es mir, doch wird sie ihm
Nur dann zu Theil, wenn er den Vater rächt,
Und deshalb spornt er die Verschwornen an.

Euphorbes. So wundert mich der Eifer nicht, womit
Er dem Augustus räth, die Macht zu wahren.
Entsagt er ihr, so löst sich euer Bund,
Des Kaisers Freund wird der Verschworne dann.

Maximus. Es dient ein Jeder nur der Leidenschaft
Des Manns, der unterm Schein für Rom zu handeln
An sich blos denkt; ach aber bittres Loos,
Ich dachte für mein Vaterland zu handeln
Und handle jetzt für meinen Nebenbuhler.

Euphorbes. Ist er's für dich?

Maximus.   Ich . . . ich lieb' Emilien
Und hab's mit Vorbedacht ihm stets verheimlicht.
Ich wollt', eh' meine Lieb' ich ihr gestand,
Durch eine große That sie mir verdienen,
Doch seh ich jetzt, wo er sie mir entreißt,
Mir selbst zum Schaden fördr' ich meine Pläne
Und leih' ihm meine Hand, mich zu vernichten;
In welch' Verderben stürzt mich meine Freundschaft!

Euphorbes. Die Sach' ist leicht, so handle für dich selber,
Das droh'nde Schicksal wende von dir ab,
Gewinne sie, indem du ihn verklagst.
Und rettest du dadurch August das Leben,
Kann er dir nimmer ihre Hand verweigern.

Maximus. Den Freund verrathen?

Euphorbes. Lieb' entschuldigt Alles!
Wer wahrhaft liebt, kennt keinen Freund. Erlaubt
Sogar ist's den Verräther zu verrathen,
Der seinen Herrn verräth der Liebe wegen.
Vergiß die Freundschaft du, wie er die Wohlthat.

Maximus. Man darf durch Beispiel nicht zum Bösen reizen.

Euphorbes. Erlaubt ist Alles gegen schlimme Pläne,
Und wer Verbrechen straft, ist kein Verbrecher.

Maximus. Wenn Rom dadurch die Freiheit sich erringt!

Euphorbes. Von seiner Feigheit darf man Alles fürchten,
Das Wohl des Landes liegt ihm nicht am Herzen,
Ihn spornt nicht Ruhm, ihn spornt sein eignes Wohl.
Er liebte Cäsar, wär' er nicht verliebt,
Ein Undankbarer ist er, edel nicht.
Glaubst du sein Innerstes erforscht zu haben?
Sein Lieben deckt er mit dem Staatsintresse,
Und kann auch hinter dieser Leidenschaft
Der Ehrbegierde schlimmen Trieb verbergen.
Vielleicht gedenkt er nach dem Tod Octavs
Rom, statt es zu befrein, zu unterjochen,
Sieht er in dir doch schon den Unterthan
Und stützt auf dein Verderben seine Pläne.

Maximus. Wie aber führ' ich Klage gegen ihn,
Wenn ich die anderen Verschwornen nicht
Verrathe? Schmählich Unheil wär's für Alle,
Die unsers Landes Wohl mit uns verband;
Nein, solcher Feigheit ist mein Herz nicht fähig.
Des Schuld'gen Strafe trifft zu viel Schuldlose.
Gern unternehm' ich Alles gegen ihn,
Doch fürcht' ich auch Gefahr für alle Andern.

Euphorbes. August ist seiner Härte überdrüssig,
Hat er die Häupter erst bestraft, dann läßt
Verzeihung er den Andern angedeihn,
Bist du um sie bei seinem Zorn besorgt,
Dann rede lieber gleich im Namen Aller.

Maximus. Die Hoffnung: nur durch seinen Untergang
    Emilien zu erwerben, wäre thöricht.
    Den morden, welchen sie am meisten liebt,
    Ist nicht der Weg der Schönen zu gefallen.
    Nicht liegt mir dran, daß mir August sie schenke,
    Sie selber will ich, will ihr Herz gewinnen,
    Und eitel, werthlos scheint mir ihr Besitz,
    Darf ich mich ihrer Liebe nicht erfreun.
    Kann mir ein dreifach Unrecht sie gewinnen?
    Verrath' ich den Geliebten, raub' ich ihr
    Die Rache, schon' ich den zum Tod Bestimmten,
    Darf ich auf ihre Liebe dann noch hoffen?

Euphorbes. Zwar seh' ich ein, wie schwierig dieses ist,
    Doch List kann dir dabei behilflich sein,
    Daß du sie täuschest, darauf kommt es an,
    Dazu wird uns die Zeit ein Mittel bieten.

Maximus. Doch wenn er sie, sich zu entschuld'gen, nennt,
    Und wenn mit ihm August auch sie bestraft,
    Kann ich zum Lohn mir sie von ihm verlangen,
    Die uns veranlaßt seinen Tod zu wollen?

Euphorbes. Du könntest so viel Hindernisse nennen,
    Daß Wunder nöthig, um sie zu besiegen.
    Ich hoffe aber doch, wenn wir drauf sinnen. –

Maximus. Entferne dich, ich sehe bald dich wieder.
    Da Cinna kommt, such' ich ihn zu erforschen,
    Um meine Pläne besser zu entwerfen.

Zweiter Auftritt.

Cinna. Maximus.

Maximus. Du scheinst gedankenvoll?

Cinna.   Nicht ohne Grund.

Maximus. Darf ich die Ursach' deines Kummers wissen?

Cinna. Emilia und Cäsar, alle Beide;
Er ist zu sanft und mild und sie zu grausam.
O möchte sein Bemühn um ihre Liebe
Gelingen oder er mich so nicht lieben.
O möcht' er ihr Gemüth durch Milde rühren
Und sie besänft'gen, wie sie mich entwaffnet.
In tiefster Seel' empfind' ich bittre Reue,
Wenn seiner Güt' und Wohlthat ich gedenke;
Und alle Gunst, die ich so schlecht erkannte,
Wird mir zum Vorwurf, der mein Herz belastet,
Mir ist, als säh' ich immer noch, wie er
Die höchste Macht in unsre Hände legt,
Als hört' ich ihn beifällig zu mir sagen:
»Auf deinen Rath, o Cinna, bleib' ich Kaiser,
Doch nur, wenn du die Herrschaft mit mir theilst.«
Jetzt soll ich in die Brust den Dolch ihm stoßen,
Nein, lieber . . . Doch ich bet' Emilien an;
Ein Eid knüpft furchtbar mich an ihren Haß,
Ihr Abscheu macht auch mir ihn hassenswerth,
Und meinem Ruhm schad' ich in jeder Weise,
Ob ich Verräther, ob ich Mörder sei,
Verrath begeh' ich, sei's an ihm, an ihr.

Maximus. Vor Kurzem warst du noch nicht so erregt,
Du schienest fester mir in deinen Plänen
Und weder Reu' noch Vorwurf zu empfinden.

Cinna. Die fühlt man dann erst, wenn's ans Handeln geht,
Erst dann erkennt man des Verbrechens Schwere,
Wenn zur Vollführung sich die Hand erhebt,
Der Geist, so lang' der Will' ihn nur bewegt,
Gibt blindlings sich der ersten Regung hin.
Wer aber fühlte dann sich nicht betroffen,
Zermalmt, wenn Denken sich in Thun verwandelt.
Selbst Brutus, glaub' ich, wie wir ihn auch feiern,
Ist öfters vor der That zurückgebebt
Und hat, bevor den Streich er ausgeführt,
Im Herzen des Gewissens Qual empfunden.

Maximus. Zu solchem Schwanken war sein Herz zu tapfer,
  Er hielt sich selber nicht für undankbar,
  Und um so mehr nur zürnt' er dem Tyrannen,
  Als dieser ihn mit Wohlthat überhäufte.
  Du strebst dem Brutus nach, drum thu' wie er
  Und fühl' mit besserm Grund Gewissensbisse
  Ob deines feigen Rathes, der bis jetzt
  Allein den Keim der Freiheit unterdrückte.
  Du bist es selbst, der sie uns raubte.
  Empfing sie Brutus aus des Cäsars Hand,
  Dann hätt' er nimmermehr gelitten, daß
  So Nichtiges, wie Lieb' und Rache sind,
  Das hohe Ziel aufs Neu' in Frage stellten.
  Hör' nicht auf den Tyrannen, der dich liebt
  Und Antheil dir verspricht an seiner Herrschaft,
  Doch hör' auf Rom, deß Stimme dich ermahnt:
  »Gib, Cinna, mir zurück, was du mir raubtest,
  »Zogst du mir jüngst Emilien vor, so gelte
  »Doch der Tyrann dir höher nicht als ich.«

Cinna. O Freund, verschone mich mit deinem Vorwurf,
  Daß ich nur schwach den edlen Plan verfolge.
  Ich weiß es wohl, was ich an Rom verschuldet,
  Und werd' ihm bald, was ich ihm nahm, ersetzen;
  Doch alter Freundschaft mußt du schon verzeihn,
  Seh' ich nicht ohne Mitleid sie erlöschen,
  O laß, dieweil ich auf Emilien harre,
  Mich meinen düsteren Gedanken folgen;
  Mein Kummer ist dir lästig und es lechzt
  Mein Geist nach Einsamkeit, sich zu beruh'gen.

Maximus. Du willst ihr von dem Edelmuth Octavs
  Und deiner eignen Schwäche Zeugniß geben,
  Geheimniß heischt der Liebe Zwiegespräch.
  Leb wohl, bescheiden zieh' ich mich zurück.

Dritter Auftritt.

Cinna (allein)

Cinna. Gib einen würd'gern Namen der Gewalt,
Mit der die Tugend mein Gemüth beherrscht,
Mit der mein Ehrgefühl sich sträubt, die That,
So undankbar wie feige, zu begehn.
Fahr lieber fort der Schwäche mich zu zeihn,
Da ich so schwach bin gegen die Geliebte,
Wo ich der Liebe Glut ersticken müßte
Und wenn ich kämpfe nicht zu siegen wage.
Wozu in solcher Lage mich entschließen,
Wohin soll ich mich neigen, was beginnen?
Ein edles Herz gibt nicht so leicht sich auf.
Und welche Frucht ich auch zu pflücken hoffe,
Der Liebe und der Rache Süßigkeit,
Der Ruhm, mein Vaterland bereit zu haben,
Das Alles hat nicht Reiz genug für mich,
Wenn ich es durch Verrath erkaufen muß,
Wenn ich des Fürsten Brust durchbohren soll,
Der solche Achtung hegt für mein Verdienst,
Der mich mit Ehr' und Wohlthat überhäuft,
Als Herrscher mich um meinen Rath befragt.
Mord und Verrath unwürdig eines Mannes!
So daure ewig denn, o Knechtschaft Roms!
Und Lieb' und Hoffnung schwinde lieber hin,
Als daß ich diese schwarze That begehe.
Wie bietet er nicht Alles, was ich wünsche,
Was ich mit seinem Blut erkaufen will!
Bedarf's des Mord's, die Gaben zu genießen,
Muß ich, was er mir schenken will, ihm rauben?

Jedoch, mich band der Eid, den ich geschworen,
Emiliens Haß um ihres Vaters Mord!
Mein Wort, mein Herz, mein Arm gehört euch an
Und Nichts vermag ich, sprecht ihr mich nicht frei,
Ihr habt es zu bestimmen, was ich thun soll.
Emilie, du allein kannst ihn begnad'gen,
Von deinem Willen hängt sein Schicksal ab,

Ob er durch mich soll leben oder sterben.
Ihr Götter, die ihr sie euch gleich gemacht,
Macht sie barmherzig wie ihr selber seid,
Und da ich mich von ihr nicht lösen kann,
Gewährt, daß ich nach meinem Wunsch sie lenke.
Doch sieh, es naht die liebenswerthe Spröde.

Vierter Auftritt.

Emilia. Cinna. Fulvia.

Emilia. Den Göttern Dank, daß grundlos meine Furcht!
Der Freunde keiner hat sein Wort gebrochen,
Ich brauchte mich für dich nicht zu verwenden,
August, ich hört' es selbst, hat Livien Alles
Verkündet und mein Herz dadurch beruhigt.

Cinna. Du stimmst, ich hoff' es, bei, und wirst doch nicht die Folge
Des mir gebotenen Geschenks verzögern?

Emilia. Was folgt ist deine Sache.

Cinna.   Nein, die deine.

Emilia. Ich blieb ich selbst, mein Herz blieb unverändert,
Biet' ich mich Cinna dar, ist's kein Geschenk,
Ich geb' ihm das nur, was ihm schon gehört.

Cinna. Du kannst . . . O Himmel, wag ich's auszusprechen?!

Emilia. Was kann ich und was fürchtest du?

Cinna.   Ich zittre,
Ich seufz'! Erfüllt uns gleiche Sehnsucht, wär's
Nicht nöthig, dir mein Seufzen zu erklären.
Ich weiß ja, daß ich dir mißfallen werde,
Ich mag nicht reden und ich darf nicht schweigen.

Emilia. Sprich, denn du quälst mich so zu sehr.

Cinna.   Ich will
Gehorchen, solltest du mich auch drum hassen.

Ich liebe dich, Emilia, treffe mich
Des Himmels Blitz, wenn diese Liebe nicht
Die höchste Freude meines Herzens ist.
Lieb' ich dich nicht mit aller Glut, wie sie
Ein würd'ger Gegenstand in großen Seelen
Erweckt! jedoch bedenk', um welchen Preis
Du mir dein Herz gewährst, du machst mich glücklich,
Doch ehrlos machst du mich zugleich dadurch.
Augustus Güte –

Emilia.　　　　　Ich verstehe dich.
Genug, ich sehe Reu' und Unbeständigkeit.
Tyrannengunst gilt mehr als dein Versprechen!
Vor seiner Zärtlichkeit erlischt dein Eifer,
Leichtgläubig wagst du schon zu hoffen, daß
Allmächtig, er auch mich dir schenken könne;
Du willst aus seiner Hand mich lieber, als
Aus meiner, aber hoffe nicht, daß je ich so
Die Deine werden kann. Die Erde mag
Erbeben unter seiner Schritte Wucht,
Entthronen mag er Könige; sein Reich
Verschenken; Meer und Erde mit dem Blut
Der Ausgestoßnen röthen; nach Gefallen
Des Weltalls Ordnung ändern, doch das Herz
Emiliens wird sich seiner Macht nicht fügen.

Cinna. Dir selber nur will ich's deshalb verdanken.
Ich bleibe stets ich selbst und fest im Lieben,
Wortbrüchig wird mich nie das Mitleid machen,
Ich gebe ganz mich deinem Willen hin
Und werde mehr thun, als mein Eid versprach.

Ich konnte ohne Meineid und Verbrechen
Das hohe Opfer dir entschlüpfen lassen,
August, legt er die Herrschaft nieder, nahm
Uns jeden Vorwand fort, ihn zu ermorden.
Das Bündniß der Geschwornen war gelöst,
Dein Plan gescheitert und dein Haß war grundlos,
Ich hab' allein sein bangend Herz gefestigt
Und ihn gekrönt, um dir ihn hinzuopfern.

Emilia. Verräther hingeopfert, und du willst,
Daß ich zurück dich halte, daß er lebe
Und ich ihn lieb' und dessen Beute werde,
Der ihn zu schonen zwingt, der Lohn dafür,
Daß er ihm rieth die Herrschaft fortzusetzen.

Cinna. O schilt mich darum nicht, daß ich dir diente,
Du hattest keine Macht mehr über ihn,
Trotz seiner Wohlthat weih' ich mich der Liebe,
Er sterbe oder danke dir sein Leben.
Dieweil ich stets Gehorsam dir gelobe,
Gewähre mir, daß ihm ich dankbar sei,
Den ungerechten Zorn in dir bekämpfe
Und gleiche Liebe, wie für dich er fühlt,
In dir erwecke. Eine edle Seele,
Die sich durch Tugend leiten läßt, erbebt
Davor, treulos und undankbar zu heißen,
Sie haßt die Schmach, die an das Glück sich knüpft,
Und will kein Gut auf Kosten ihrer Ehre.

Emilia. In solcher Schmach erkenn' ich Ruhm für mich,
Treubruch ist edel gegen Tyrannei.
Der Undank ist Hochherzigkeit, wenn man
Des Schicksals düstern Lauf zu hemmen weiß.

Cinna. Du machst aus deinem Haß dir eine Tugend.

Emilia. O ja! die Tugend einer Römerin.

Cinna. Ein wahrhaft römisch Herz –

Emilia.   Wagt Alles um
Den, der es knechtet, zu verderben, mehr
Als Tod flieht es die Schmach der Sclaverei.

Cinna. Ist man der Sclav' Octavs, ist man's mit Ehren,
Oft sehn wir Kön'ge, auf den Knieen Sclaven,
Wie wir's doch sind, um Hilf' und Beistand bitten.
Er beugt den Stolz der Diademe nieder,
Er macht zu Herrn uns über ihre Hoheit,
Wir werden reich durch das, was sie ihm zahlen,
Das Joch, in dem sie seufzen, macht uns frei.

Emilia. Unwürd'ger Ehrgeiz, welcher dich beherrscht;
Du prahlst, weil mehr du als ein König bist.
Ist Jemand auf dem Erdenrund so eitel,
Daß einem Bürger Roms er gleich sich stellt?
Anton zog unsern Haß auf sich, als er
Um einer Kön'gin willen sich entehrte.
Der große Attalus, ergraut im Purpur,
Der einen Freigelass'nen Roms sich nannte,
Empfand ob dieses Namens größren Stolz,
Als wär' er Asiens einz'ger Herr gewesen.
Gedenke deines Namens, deiner Würde,
Und dich mit hohem Römersinn erfüllend,
Bedenke, daß der Himmel Römer schuf,
Um frei von Herrschern Kön'ge zu beherrschen.
Cinna. Die Götter, die den Undank hassen, haben
Schon oftmals solche Frevelthat bestraft;
Was man auch unternehmen mag, sie rächen
Den Sturz des Throns, den sie errichtet haben,
Sie sind Vertreter dessen, der da herrscht.
Lang blutet der von ihrem Streich Getroffne,
Entschließen sie sich aber ihn zu strafen,
Dann kommt die Strafe wie des Blitzes Strahl.

Emilia. Gesteh' nur, daß die Tyrannei zu strafen,
Du selber dich auf ihre Seite stellst.
Kein Wort mehr, geh' nur, dien' der Tyrannei,
Gib ganz dich deiner Seelenfeigheit hin.
Beruhige dein schwankend Herz, vergiß,
Woher du stammst und welch' ein Lohn dir winkt.
Entbehren kann mein Zorn schon deiner Hilfe,
Den Vater und das Vaterland zu rächen.
Schon hätt' ich selbst den großen Mord vollbracht,
Hielt mich der Liebe Allmacht nicht zurück,
Sie machte mich dir unterthan, und bangte
Mir um mein Leben, so geschah's für dich.
Ich mußte dem Tyrannen ganz allein
Entgegentretend ihm das Leben nehmen
Und sterben durch die Waffen seiner Garde,
Dann aber hätt' ich dir mich selbst geraubt.

Da mich die Liebe zwingt, für dich zu leben,
Sucht' ich umsonst für dich mich zu erhalten,
Damit du meiner würdig dich erwiesest.

Verzeiht, o Götter mir, wenn ich geglaubt,
Ich liebte einen Neffen des Pompejus
Und wenn mein Geist, von eitlem Wahn befangen,
Statt seiner einen Sclaven mir erkor.
So wie du bist, so werd' ich stets dich lieben.
Den Herrn verrathen, um mich zu gewinnen,
Das schreckte tausend Andre nicht zurück,
Würd' ihnen gleicher Lohn wie dir dafür.
Kein Andrer, glaub' mir's, wird mich so gewinnen.
Bewahre dem Tyrannen, den du liebst,
Dein Leben, während ich, die Deine, sterbe.
Ein rascher Tod erwartet mich wie ihn,
Zu feige bist du ja, mich zu erringen.
Allein in meine Tugend eingehüllt,
Will ich in sein' und meinem Blut mich baden
Und sterbend dir dies Wort entgegenrufen:
»Beklage nicht das Loos, das du geschaffen,
Ich steig' ins Grab, zu dem du mich verdammt,
Wohin der dir bestimmte Ruhm mir folgt,
Und des Tyrannen Macht vernicht' ich sterbend,
Doch dir hätt' ich gelebt, wenn du gewollt.«

Cinna. Nun wohl, es sei, befried'gen muß ich dich,
Roms Freiheit und die Rache für den Vater
Verlangt es, daß ich den Tyrannen tödte,
Doch er ist nicht so sehr Tyrann wie du.
Nimmt er nach Willkür Leben uns und Güter,
Nimmt er die Frauen uns, so hat er doch
Bis jetzt noch unsre Seelen nicht beherrscht.
Doch deiner spröden Schönheit Allgewalt
Uebt ihren Einfluß aus auf Geist und Willen.
Du lehrst mich schätzen das, was mich entehrt,
Und hassen das, was ich bis jetzt verehrte.
Du machst, daß ich ein Blut vergieße, dem
Ich tausend Mal das meine opfern müßte.
Du willst es und ich thu's, ich gab mein Wort.

Doch meine Hand, auf meine Brust gerichtet,
Soll mich den Manen solches Fürsten opfern,
Zur Strafe für erzwungenes Verbrechen
Muß eine That, sich mit der andern mischend,
Den Ruhm mir bringen, welchen ich verlor.
Leb' wohl!

Fünfter Auftritt.

Emilia. Fulvia.

Fulvia.   Du bringst ihn zur Verzweifelung.

Emilia. Entsagen soll er seiner Liebe, oder
Das thun, was ihm die Pflicht gebeut.

Fulvia.   Er wird
Auf Kosten seines Lebens dir gehorchen.
Weinst du darum?

Emilia.   Ach, Fulvia, eil' ihm nach,
Willst du mir helfen, dann verhindere
Den Plan, den er gefaßt, sich selbst zu tödten.

Fulvia. Um ihn willst du August das Leben schenken?

Emilia. Ach! meinem Haß wär's ein zu schweres Opfer!

Fulvia. Was denn?

Emilia.   Er thu' was er versprach, und dann
Mög' er den Tod erwählen oder mich.

Vierter Aufzug.

Erster Auftritt.

Augustus. Euphorbes. Polyklet. Wache.

Augustus. Unglaublich ist, was du mir sagst, Euphorbes.

Euphorbes. Herr, was ich dir verkünd', ist voll von Greul
Und kaum vermag man solche Wuth zu fassen,
Schon der Gedanke dran macht mich erbeben.

Augustus. Wie, Cinna, Maximus, die liebsten Freunde,
Die ich so hoch durch mein Vertrauen ehrte?
Sie, denen ich mein Herz erschloß, die ich
Zu hohen, wicht'gen Aemtern ausersah!
In ihre Hand hatt' ich mein Reich gelegt
Und sie verschwören sich mich zu ermorden.
Zwar Maximus sah sein Verbrechen ein
Und reuevoll hat er mir's eingestanden.
Cinna jedoch!

Euphorbes. Beharrt in seiner Wuth
Und lehnt sich gegen deine Güte auf,
Allein bekämpft er noch die Reue, die
Im Herzen der Verschworenen erwacht,
Und wenn geheimes Bangen sie beschleicht,
Sucht er ihr wankend Herz auf's Neu' zu stärken.

Augustus. Er ist's, der sie ermuthigt und verführt!
So treulos, wie die Erde keinen sah!
Verrath, der einer Furie Schooß entsproß,
O Streich, so schmerzlich aus geliebter Hand!
O Cinna, du verräthst mich! . . . Polyklet!
(Spricht leise mit ihm.)

Polyklet. Was du, o Herr, gebietest, soll geschehn.

Augustus. Zu gleicher Zeit ruf' mir den Maximus,
Daß ich ihm mein Verzeihn verkündige.

Euphorbes. Kaum war er vom Palast zurückgekehrt,
  Da sah ich ihn mit wildverwirrten Blicken,
  Die Brust von Seufzern angeschwellt, und hörte,
  Wie er das Bündniß und sich selbst verwünschte.
  Er trug mir auf, die Nachricht dir zu bringen
  Und fügt' hinzu: Sag ihm, daß ich mich selbst
  Verdamm' und daß ich weiß, was ich verdiene;
  Und plötzlich stürzt' er in die Tiber sich,
  Der Strom war stark und reißend, schwarz die Nacht,
  So barg sich meinem Blick sein tragisch Ende.

Augustus. Er hat zu sehr sich seiner Reu' ergeben
  Und selber meiner Güte sich entzogen,
  Verbrechen gibt es keine gegen mich,
  Die eine ernste Reu' nicht sühnen könnte,
  Doch da er meiner Gnade sich entzog,
  So geh' und sorge für das Uebrige
  Und halte jenen Zeugen in Gewahrsam.

Zweiter Auftritt.

Augustus*(allein)*.
  Ihr Götter, wem vertrau' ich nun mein Leben
  Und das Geheimniß meiner Seele an?
  O nehmt die Macht, die ihr mir gabt, zurück,
  Wenn sie im Unterthan den Freund mir nimmt,
  Wenn das das Loos der Herrschergröße ist,
  Daß man durch Wohlthun nichts als Haß erzeugt,
  Wenn ihr uns die zu lieben zwingt, die ihr
  Aufstachelt nach dem Leben uns zu trachten.
  Dann gibt's nichts Sichres mehr und wer da Alles
  Vermag, hat auch vor Allem sich zu fürchten.
  Kehr' in dich selbst zurück und klage nicht;
  Dich soll man schonen, der du nichts geschont,
  Denk' an die Ströme Bluts, die du vergossen;
  Wie rötheten sie Macedoniens Felder,
  Was kostete Antonius Niederlage
  Und die des Sextus, sei gedenk Perusias,

Das hingeschlachtet ward mit allem Volk.
Mit solchem Blutbad rufe dir zugleich
Der Proscriptionen blutig Bild zurück,
Wobei du selbst der deinen Henker wardst
Und in des Vormunds Brust das Messer stießest:
Dann klag' als ungerecht dein Loos nicht an,
Wenn sich die deinen gegen dich erheben,
Wenn sie, verleitet durch dein eignes Beispiel,
Das Recht verletzen, das du nicht gewahrt.
Gerecht erscheint den Göttern ihr Verrath;
Leg' deine Würde ab, wie du dich ihrer
Bemächtigt hast, und dulde, daß auch sie
Undankbar sein, wie du es selbst gewesen.
Doch da, wo's nöthig, wird mein Urtheil unklar,
O Wahn! mich klag' ich an und dir verzeih' ich,
O Cinna! deß Verrath mich zwingt, die Macht,
Um die du mich bestrafen willst, zu wahren,
Mich zum Verbrecher machst, der du den Thron,
Den ich mir angemaßt. zu stützen suchst,
Du hüllst dich schamlos in der Freundschaft Eifer,
Dahinter deinen bösen Plan zu bergen,
Damit du gänzlich mich vernichten könnest;
Stellst du dem Wohl des Staates dich entgegen,
Das zu vergessen ich mich zwingen könnte,
Dann würdest du in Ruhe leben, wenn
Mit banger Furcht du meine Seel' erfülltest.
Nein, Selbstverrath wär's, dächt' ich nur daran
Wer leicht verzeiht ruft den Verrath herbei;
Nein, Todesstrafe soll dem Mörder werden,
Verbannung aber treffe die Verschwornen!

Wie, immer Blut und immer Strafvollstreckung!
Ich bin es müd' und darf es doch nicht lassen.
Ich will erschrecken und erbittre nur.
Der Hydra Roms, die mich verschlingen will,
Erwachsen tausend Häupter stets auf's Neue.
Das Blut der gegen mich Verschworenen
Bedroht mein Leben, aber macht's nicht sichrer.
Octav, erwarte keinen neuen Brutus,

Stirb, raub' ihm seines Sturzes Ruhm und Ehre,
Stirb, denn du klammerst dich umsonst ans Leben,
Da so viel Muth'ge deinen Tod erflehn,
Wenn, was in Rom an edler Jugend lebt,
Wetteifernd darnach strebt, dich zu verderben.
So stirb, denn solch' ein Uebel heilst du nimmer,
Stirb, denn es bleibt dir keine andre Wahl.
Das Leben ist so wenig; was dir bleibt
Nicht werth, um solchen Preis es zu erkaufen.
Stirb, aber groß und glänzend sei dein Ende;
Lösch' deine Lebensfackel aus im Blut
Des treulos Undankbaren, den du dir
Im Sterben opferst; seinen Wunsch erfüllend
Bestraf' den Meuchelmörder; möge ihm
Dein eigner Tod zur Qual des Herzens werden,
Wenn er ihn sieht und sich nicht dran erfreut;
Ich will vielmehr an seiner Qual mich letzen
Und triumphiren, wenn mich Rom drum haßt.

O Römer, Rache, höchste Herrschermacht,
O harter Kampf des unentschloss'nen Herzens,
Das stets an dem Beschloss'nen irre wird,
Entscheidet über einen Unglücksel'gen,
Wozu soll ich mich neigen, was vermeiden?
Laßt mich verderben oder laßt mich herrschen!

Dritter Auftritt.

Augustus. Livia.

Augustus. Verrath, o Livia, die Hand, die mich
        Ermordet, beugt mein festes Herz danieder.
        Cinna verräth mich . . .

Livia. Alles weiß ich schon,
        Euphorbs Enthüllung machte mich erbeben.
        Doch willst du eines Weibes Rath vernehmen?

Augustus. Ach, bin ich denn noch fähig zu Entschlüssen?

Livia. Die Strenge, die du fruchtlos übst, o Herr,
   Hat schlimmes Aufsehn nur bis jetzt erregt.
   Des Nächsten Strafe schüchtert Niemand ein,
   Salvidius Sturz rief Lepidus herauf,
   Murena folgte, Cepio kam nach ihm.
   Daß unter Qualen sie den Tod erlitten,
   Hat nicht durch Furcht Egnatius Wuth gemildert,
   An dessen Platz sich Cinna jetzo stellt;
   Und selbst die Niedrigsten des Volkes suchen
   Durch solcher Pläne Ruhm sich zu erheben.
   Nachdem die Freiheit du umsonst bestraft,
   Versuch an Cinna, was die Milde kann,
   Und laß Beschämung seine Strafe sein.
   Frag', was in diesem Fall am nützlichsten?
   Sein Tod kann die gereizte Stadt erbittern,
   Verzeihung aber deinem Ruhme dienen,
   Und sie, die deine Strenge nur verletzt,
   Vielleicht kann deine Güte sie besänft'gen.

Augustus. Gewinnen will ich sie, dem Thron entsagend
   Der mich verhaßt macht, gegen den man sich
   Empört; zu sehr befolgt' ich deinen Rath.
   O schweig', ich will nichts weiter davon hören.

   Hör' auf, o Rom, die Freiheit zu ersehnen,
   Legt' ich dir Ketten an, so brech' ich sie;
   Ich geb' dir deinen Staat zurück, nachdem
   Ich ihn erobert habe, größer noch
   Und ruh'ger als er war, da ich ihn nahm.
   Willst du mich hassen, hasse mich, doch sei
   Nicht heuchlerisch dabei; willst du mich lieben,
   So liebe mich, doch liebe ohne Furcht.
   Wie Sulla müde war der Macht und Ehre,
   So bin ich's auch, sein Glück ist meine Sehnsucht.

Livia. Sein Beispiel schmeichelt dir schon allzulange,
   Doch hüte dich auch vor dem Gegentheile.
   Das Glück, das seine Tage schonte, wäre
   Kein Glück, wenn's immer gleich sich so erfüllte.

Augustus. Nun wohl, ist es zu groß danach zu streben
Dann bring' ich Jedem, der's begehrt, mein Blut
Zum Opfer dar. Nach sturmbewegter Fahrt
Gilt es den Hafen aufzufinden, zwei
Nur seh' ich vor mir, Ruhe oder Tod.

Livia. So vieler Mühe Lohn willst du verlieren?

Augustus. Und du den Grund zu so viel Haß bewahren?

Livia. Treibst du es so zum Aeußersten, dann ist's
Verzweiflung, aber nicht Hochherzigkeit.

Augustus. Wer herrschen will und dem Verräther schmeichelt,
Der zeigt nicht seine Kraft, nein, seine Schwäche.

Livia. Sich selbst beherrschen nenn' ich edel und
Zugleich die höchste Königstugend üben.

Augustus. Weiblichen Rath versprachst du mir und das,
Was du mir vorschlägst, ist ein solcher Rath.

Nachdem ich so viel Feinde unterworfen,
Herrsch' ich schon zwanzig Jahre lang und weiß,
Wie viel verzweigt des Herrschers Pflichten sind.
Solch ein Complot verletzt das ganze Volk,
Schon der Gedanke dran ist Staatsverbrechen,
Und steigt ein Anschlag bis zu ihm empor,
Dann bleibt ihm nur noch Rache übrig, oder
Er darf nicht länger Fürst und Herrscher bleiben.

Livia. O folge wen'ger deiner Leidenschaft!

Augustus. Hab' wen'ger Ehrgeiz oder wen'ger Schwäche!

Livia. Mißachte nicht so sehr den guten Rath.

Augustus. Der Himmel wird mir sagen, was ich thun soll.
Leb' wohl! es drängt die Zeit.

Livia. O Herr, ich laß'
Dich nicht, bevor ich dies von dir erreicht.

Augustus. Die Sucht nach Größe macht, daß du mich quälst.

Livia. Ich liebe dich, dein Selbst, und nicht dein Glück.
   (*Allein.*) Er weicht mir aus, drum rasch ihm nach, damit
   Ich ihn zur Einsicht bringe, daß durch Gnade
   Er seine Macht befest'gen kann, und daß
   Durch Milde er der Welt bethätige,
   Was eines wahren Herrschers Größe ist.

Vierter Auftritt.

Emilia. Fulvia.

Emilia. Woher kommt mir die Freude? Wider Willen
   Empfindet mein Gemüth unzeit'ge Ruhe,
   Obgleich August den Cinna rufen ließ.
   Ich seufze nicht, mein Aug' hat keine Thräne,
   Als sagte ein geheimes Ahnen mir,
   Daß Alles doch nach Wunsch verlaufen wird;
   Verstand ich recht, was du mir mitgetheilt?

Fulvia. Schon hatt' ich für das Leben ihn gewonnen
   Und führt' ihn dir in sanfter Stimmung zu,
   Damit aufs Neu' er deinen Zorn beschwicht'ge,
   Schon freut' ich mich, doch da kam Polyklet,
   Der Ueberbringer von Augusts Befehlen;
   Er sprach allein und ins Geheim mit ihm
   Und führt' ihn auf der Stelle zum Palast.
   August ist sehr bestürzt! jedoch weshalb?
   Gar mancherlei vermuthet man dabei,
   Man meint, ein großer Kummer sei der Grund,
   Und daß er Cinna zur Berathung rief.
   Doch Sorge macht mir, was ich eben höre:
   Daß des Evander sich zwei Unbekannte
   Bemächtigt haben, daß man den Euphorbes
   Verhaftet hat aus unbekannten Gründen,
   Und über seinen Herrn Gerüchte gehn,
   Man spricht von dunkeler Verzweiflungsthat,
   Vom Tiberstrom, in den er sich gestürzt.

Emilia. Ach, wie viel Grund zur Furcht und zur Verzweiflung!
Und doch vermag ich nicht darob zu murren,
Der Himmel senkt ins Herz mir ein Gefühl,
Das mit der Lage nicht in Einklang ist.
Vor Kurzem noch ergriff mich eitle Angst
Und fühllos bleib' ich, wo ich zittern sollte.

Ha, ich versteh' euch, große Götter, ihr
Gestattet nicht, daß ich mich selbst entehre.
Ihr wollt von mir kein Seufzen, keine Thränen
Und macht mein Herz bei solchem Unglück stark.
Ihr wollt, daß ich mit jenem Muthe sterbe,
Der mich so großes Werk beginnen ließ,
Den Tod will ich erleiden, wie ihr's heischt,
Und in der Haltung, die ihr wollt, verbleiben.

O Freiheit Roms, o meines Vaters Manen,
Ich habe das gethan, was ich vermochte,
Und gegen Tyrannei den Bund gestiftet,
Ich habe mehr gewagt, als mir erlaubt war.
Gelang mir's nicht, ist doch mein Ruhm kein mindrer,
Entschlüpft die Rache, komm' ich doch zu euch
Noch glühend von so edlem Zorn, in dem ich
So hohen, eurer würd'gen, Todes sterbe,
Daß ihr an mir gar leicht das Blut erkennt,
Aus welchem ich hervorgegangen bin.

Fünfter Auftritt.

Maximus. Emilia. Fulvia.

Emilia. Du, Maximus, den man für todt gehalten?

Maximus. Euphorbes täuscht' Augustus mit der Kunde,
Da er erfuhr, daß Alles sei entdeckt,
Ersann er diesen Tod, um mich zu retten.

Emilia. Was sagst du mir von Cinna?

Maximus. Er beklagt,
Daß Cäsar dein Geheimniß kund geworden:
Umsonst verläugnet er's; Evander hat
Ihn zu entschuld'gen, Alles kund gegeben,
Und auf Augusts Befehl wirst du verhaftet.

Emilia. Wer den Befehl empfing, hat lang gezögert,
Ich bin bereit und bin des Wartens müde.

Maximus. Er harret dein bei mir.

Emilia. Bei dir?

Maximus. Das nimmt
Dich Wunder, aber sieh der Götter Sorge,
Denn Einer der Verschwornen ist es, der
Mit uns entfliehen will. Laß uns, bevor
Verfolgung uns erreicht, die Flucht ergreifen;
Am Ufer liegt ein Schiff für uns bereit.

Emilia. Sprich, kennst du mich, und weißt du, wer ich bin?

Maximus. Für Cinna thu' ich was ich kann, und suche
Die bess're Hälfte, die ihm blieb, zu sichern;
Emilia, retten wir uns, daß dereinst,
Glückt uns die Heimkehr, wir ihn rächen können.

Emilia. Dem Cinna muß man in sein Unglück folgen.
Du spielst den Rächer, ihn zu überleben:
Wer, wenn er fiel, sich noch zu retten sucht,
Verdient das Leben nicht, um das ihn bangt.

Maximus. Zu blinder Wuth treibt dich Verzweifelung,
Und welche Schwäche bei so starker Seele!
Wie wenig nur kämpft dieses edle Herz,
Das schon des Schicksals erstem Streich erliegt.
Ruf' deiner Tugend hohe Kraft zurück,
Blick' auf, erkenn' den Maximus, es ist
Ein zweiter Cinna, den du in ihm siehst.
Der Himmel gibt in ihm dir den Verlornen
Zurück, und da die Freundschaft aus uns Beiden
Nur eine Seele machte, lieb' in ihm

Den Gegenstand, der einst dein Herz erfüllte,
Er wird mit gleicher Liebe für dich glühn.

Emilia. Zu lieben wagst du, wagst zu sterben nicht,
Dein Anspruch geht zu weit, doch sei's drum, so
Zeig' mindestens dich deines Anspruchs würdig,
Entzieh' dich nicht so feig glorreichem Tod!
Nicht biet' ein Herz mir an, das klein sich zeigt;
Laß deine hohe Tugend mich beneiden,
Und wenn ich dich nicht lieben kann, so laß
Mich dich bedauern, zeig' die letzte Kraft
Des Römers und verdiene meine Thränen.
Wenn du für Cinna Freundschaft hegst, besteht
Sie darin, daß du seiner Freundin schmeichelst?
Was dir die Pflicht gebeut, lern' es von mir,
Gib selbst ein Beispiel oder folg' dem meinen.

Maximus. Es treibt zu weit dich dein gerechter Schmerz.

Emilia. Du denkst in deinem Schmerz schon an dein Glück,
Du sprichst mir schon von froher Wiederkehr
Und denkst an Liebe noch in deinem Kummer.

Maximus. Selbst im Entstehn ist sie gewaltsam schon,
In dir lieb' ich den Freund und deinen Buhlen
Und bin wie er von gleicher Glut entfacht.

Emilia. Zu viel schon ist's für einen klugen Mann.
Ich bin erstaunt, doch bin ich nicht bestürzt,
Und die Verzweiflung hat mich nicht geblendet,
Die Tugend lebt in mir, doch wankt sie nimmer,
Ich sehe mehr als ich zu sehn begehre.

Maximus. Wie, bin ich des Verrathes dir verdächtig?

Emilia. Ja wol, du bist's, weil du es hören willst.
Du hast die Flucht nur allzusehr geregelt,
Damit man dich der Feigheit nicht verdächt'ge.
Der Götter Hilfe wär' zu wunderbar,
Wenn sie mir ohne dich die Wege bahnten.
Flieh' ohne mich, erspar' mir deine Liebe.

Maximus. Du bist zu bitter.

Emilia. Mehr vermuth' ich noch,
Doch fürchte nicht Beleidigung von mir
Und hoff' auch nicht mit Worten mich zu blenden,
Und ist mein Mißtraun ungerecht, so komm
Und stirb mit mir, damit du dich rechtfertigst.

Maximus. Emilia, leb' und dulde, daß ein Sclav . . .

Emilia. Nur bei Octav noch leih' ich dir mein Ohr.
Komm, Fulvia.

Sechster Auftritt.

Maximus *(allein).* In Verzweiflung und bestürzt
Und würdig, daß sie grausam mich verwirft;
Was, Maximus, ist dein Beschluß und was
Die Strafe deiner nutzlos eitlen Arglist?
Mit Täuschung darfst nicht länger du dir schmeicheln,
Verkünden wird im Tod Emilia Alles.
Auf ihrem Blutgerüste wird zugleich
Ihr Ruhm und deine Schande sich enthüllen,
Es wird ihr Tod der späten Nachwelt einst
Dein schmachvoll Angedenken hinterlassen.
Voreilig hast am selben Tage du
Verrathen Freund, Gebieter und Geliebte,
Und für die Rechte all', die du verletztest,
Die Opfer, die der Tyrannei du brachtest,
Bleibt dir als einz'ge Frucht nur Schmach,
Die Reu' in deinem Busen nutzlos weckt.

Euphorbes, du gabst diesen Rath mir ein,
Doch was erwartet man von deines Gleichen?
Ein Freigelass'ner bleibt doch stets ein Sclave,
Wol wechselt er den Stand, doch nicht die Seele.
Die deine, knechtisch selbst noch in der Freiheit,
Hat nie ein Strahl des Edelmuths berührt:
Dir dank' ich, daß nach ungerechter Macht
Ich strebt' und meines Ursprungs Ruhm vergaß.
Dir widerstand mein Herz, du hast's bekämpft,

Bis meine Tugend deinem Trug erlag.
Es kostet mich das Leben und den Ruhm
Mit Recht, weil ich in Allem dir geglaubt.
Jedoch die Götter werden mir gestatten,
Daß ich den Beiden Liebenden dich opfre
Und hoffen darf ich, daß trotz meiner Schuld
Mein Blut ein reines Sühnungsopfer sei,
Wenn mein gerechter Zorn an dir das Unrecht,
Daß deinem Rath ich folgte, sühnen wird.

Fünfter Aufzug.

Erster Auftritt.

Augustus. Cinna.

Augustus. Nimm einen Sessel, Cinna, und genau
    Folg' dem Gebot, das ich dir auferlege,
    Horch, ohne mich zu stören, meiner Rede,
    Kein Wort, kein Ausruf hemme ihren Lauf,
    Beherrsche deine Zung', und wenn das Schweigen
    Gewalt anthut der Regung deiner Seele,
    Dann sei darauf Erwidrung dir gestattet,
    In diesem Punkt nur folge meinem Wunsch.

Cinna. Ich werde dir gehorchen.

Augustus. Halte Wort,
    Und dafür will auch ich mein Wort dir halten.
    Sie, welche dir das Leben schenkten, waren
    Die Feinde meines Vaters und die meinen.
    In ihrem Lager wurdest du geboren.
    Als du nach ihrem Tod mir angehörtest,
    Da gab der Haß, den du im Busen trugst,
    Dir Waffen in die Hand mich zu bekämpfen,
    Du warst mein Feind, bevor du noch geboren,
    Und warst es noch, als du mich kennen konntest.
    Das Blut, das dich zu meinem Gegner machte,
    Trotz deiner Neigung blieb sich's immer treu:
    Was du vermochtest, thatst du gegen mich.
    Dein Leben schonend, rächt' ich mich an dir,
    Verhaften ließ ich dich, doch war ich gnädig:
    Es ward mein Hof dein einziges Gefängniß,
    Dein Patrimonium gab ich dir zurück
    Und theilte dir Antonius Schätze mit.
    Du weißt, daß ich seitdem zu jeder Zeit
    Um deinetwillen zum Verschwender wurde.
    Die Würden alle, welche du begehrtest,
    Erkannt' ich gern dir augenblicklich zu;
    Ich zog dich selbst den Söhnen derer vor,

Die mir mit ihrem Blut den Thron erkämpften
Und die das Leben mir gerettet haben.
Und so wie ich mit dir gelebt, das hat
Den Neid der Sieger gegen den Besiegten
Erweckt. Als mir der Himmel, der mich so
Begünstigt hatte, durch Mäcenas Tod
Von seiner Mißgunst solch' ein Zeugniß gab,
Hab' seinen Platz bei mir ich dir gegeben
Und zum Vertrauten dich gemacht statt seiner.
Und heute, da mein schwankendes Gemüth
Mich drängte, meiner Herrschaft zu entsagen,
Fragt' ich nur dich und Maximus um Rath,
Und deine Meinung ist es, der ich folgte;
Noch mehr, am selben Tage gab ich dir
Emilien, die ein würd'ger Gegenstand
Für die Bewerbung ganz Italiens ist,
Die meine Liebe hat so hoch gestellt,
Daß wen'ger ich dir gab, hätt' einen Thron
Ich dir gegeben, Cinna, denk' daran,
Es können so viel Ruhm und so viel Ehre
Dir nicht so rasch aus der Erinnrung schwinden;
Du bist deß eingedenk und willst mich tödten?

Cinna. Ich, Herr, wär' so verrätherisch gesinnt,
        Daß solch' ein feiger Plan . . .

Augustus. Du brachst dein Wort.
        Setz' dich, noch sagt' ich meinen Willen nicht,
        Rechtfert'ge dich nachher, wenn du's vermagst.
        Hör' jetzt mich an und bänd'ge deine Zunge.
        Du willst mich morgen auf dem Capitol
        Ermorden, deine Hand soll bei dem Opfer
        Den Todesstoß mir statt des Weihrauchs geben.
        Die eine Hälfte deiner Leute soll
        Das Thor besetzen und die andere
        Dir folgen und mit Waffen Beistand leihn.
        Ist's nicht so oder ist's nur ein Verdacht?
        Soll ich dir der Verschwornen Namen nennen?
        Marcellus, Plautus, Lenas, Albinus,
        Pomponius, Rutilus, Icilius

Und Maximus, den ich nach dir am meisten
Geliebt, die anderen lohnt es nicht zu nennen,
Ein Haufen, mit Verbrechen und mit Schulden
Belastet, der bedrängt ist durch die Ordnung,
Die mein Gesetz dem Staate gab, der nicht
Mehr hoffen darf ihm zu entgehn und der
Durch allgemeinen Umsturz nur besteht.

Du schweigst jetzt, Cinna, doch dein Schweigen scheint
Bestürzung, nicht Gehorsam mir zu sein.
Was war dein Plan, was dachtest du zu thun,
Wenn du im Tempel mich erschlagen hättest?
Dein Volk befreien von der Königsherrschaft;
Wenn deine Politik ich recht verstand,
So hängt sein Wohl von einem Herrscher ab,
Der Alles wahrt in seiner festen Hand,
Und wenn's die Freiheit war, für die du kämpftest,
Warum mich hindern denn, sie ihm zu geben;
Für's ganze Reich hätt'st du sie angenommen
Und nicht durch Mord gestrebt sie zu erringen.
War das dein Ziel an meiner Statt zu herrschen?
Es ist mit einem schlimmen Loos bedroht,
Wenn dir kein andres Hinderniß als ich
Entgegensteht, des Throns dich zu bemächt'gen,
Wenn es so tief herabgesunken ist,
Daß du nach mir der einzig Würdige,
Und wenn die große Last des röm'schen Reichs
Nach meinem Tod auf dich nur fallen kann.

Erkenne dich und kehre bei dir ein.
Man liebt und ehrt dich, schmeichelt dir in Rom,
Man bebt vor dir und bringt dir Huldigungen,
Hoch stehst du und vermagst das, was du willst;
Doch Mitleid fühlten sie, die dich beneiden,
Wenn nur dein eigenes Verdienst dich stützte.
Zeih' mich der Lüge, poch' auf deinen Werth,
Nenn' deine Tugenden und Thaten mir
Und das, wodurch du mir gefallen hast,
Worin du höher als die Menge stehst.
Von meiner Gunst nur kommt dir Ruhm und Macht;

Nur sie erhebt und stützt dich ganz allein,
Vor ihr und nicht vor dir beugt man sich nieder,
Du hast das Ansehn nur, das sie dir gibt,
Um dich zu stürzen braucht' ich heute nur
Die Hand zurückzuziehen, die dich stützt,
Doch lieber komm' ich deinem Wunsche nach,
Herrsch', wenn du kannst, auf Kosten meines Lebens,
Doch darfst du hoffen, daß Servilius,
Metellus, Cossus, Paulus, Fabius
Und Andre, die durch Muth lebend'ge Bilder
Der Helden, ihrer Väter, sind, sie würden
Dem Stolz des edlen Bluts entsagen, um
Es zu erdulden, daß du sie beherrschest,
So rede jetzt.

Cinna. Ich bin erstaunt, bestürzt,
    Dein Zorn erschreckt mich nicht und nicht der Tod,
    Verrathen bin ich und ich blick' umher
    Und weiß nicht den, der mich verrieth, zu finden.

    Doch soll es mich nicht allzusehr bekümmern,
    Ich bin ein Römer aus Pompejus Blut;
    Des Vaters und der Brüder feiger Mord
    Ward nicht genug durch Cäsars Tod gerächt.
    Das ist der einz'ge Grund zu dem Complot;
    Verrathen fall' ich deiner Streng' anheim,
    Doch darfst du nicht auf feige Reue hoffen,
    Auf eitles Klagen und auf nutzlos Seufzen.
    Dir ist das Schicksal günstig, feindlich mir,
    Ich weiß, was ich gethan, was dir zu thun bleibt,
    Der Nachwelt bist du ein Exempel schuldig
    Und deine Sicherheit heischt meinen Tod.

Augustus. Du trotzest mir, du prahlst mit deiner Großmuth,
    Rühmst dein Verbrechen statt es zu entschuld'gen.
    Laß sehn, ob du es bis ans Ende treibst.
    Du kennst dein Loos, siehst, daß ich Alles weiß:
    Sprich selbst dein Urtheil, wähle deine Strafe.

Zweiter Auftritt.

Augustus. Livia. Cinna. Emilia. Fulvia.

Livia. Noch kennst du die Verschworenen nicht Alle,
Emilia auch gehört zu ihrem Bunde.

Cinna. Sie selbst, o Götter!

Augustus. Du auch, meine Tochter?

Emilia. Ja, was er that, er that es mir zu Liebe.
Ich war, o Herr, der Grund und war der Lohn.

Augustus. Die Liebe, die ich selbst in dir erweckte,
Treibt sie dich schon so weit, für ihn zu sterben?
Es brennt dein Herz in allzurascher Glut,
Zu früh liebst du den Freund, den ich dir gab.

Emilia. Die Liebe, welche deinen Zorn erweckt,
Ist keine Wirkung deß, was du befohlen;
Eh' du befahlst, war unsre Lieb' erglüht.
Vier Jahre schon währt der geheime Bund,
Doch wie ich ihn auch liebt', er für mich glühte,
Der Haß, der uns belebte, war noch stärker;
Und Hoffnung gab ich keine ihm, bevor
Er nicht versprach des Vaters Tod zu rächen,
Er schwur es mir und suchte Bundsgenossen,
Doch hat der Himmel den Erfolg vereitelt;
Ich komm', o Herr, ein Opfer dir zu bringen,
Doch ob ich mich auch mit der Schuld belaste,
Ich hoffe nicht das Leben ihm zu retten.
Sein Tod ist des Complots gerechte Strafe,
Entschuld'gung gibt es nicht für Staatsverbrecher.
Der Tod mit ihm führt mich zu meinem Vater.
Das führt mich her zu dir und das nur hoff' ich.

Augustus. Warum und auf wie lange noch nimmst du
Aus meinem Hause Waffen gegen mich?
Verstoßen hab' ich Julia, weil sie
Unziemlich sich betrug, an ihre Stelle
Setzt' ich Emilia, jedoch auch sie

Hat sich unwürdig dieses Rangs gezeigt.
Die Ein' entehrte mich, die Andre dürstet
Nach meinem Blut, sie nehmen Beide nur
Die Leidenschaft zu ihrer Führerin;
Unsittlich war die Eine und die Andre
Sinnt nur auf Mord. Verdien' ich solchen Lohn?

Emilia. Du hast dem Vater ebenso gelohnt.

Augustus. Bedenk', wie liebevoll ich dich erzog!

Emilia. Mit gleicher Zärtlichkeit erzog er dich,
    Er wurde dein Beschützer, du sein Mörder,
    Du hast mir des Verbrechens Weg gezeigt,
    Der einz'ge Unterschied ist dieser nur,
    Daß deiner Ehrbegier mein Vater fiel,
    Daß aber mich gerechter Zorn entflammt,
    Dich wegen des vergoss'nen Bluts zu opfern.

Livia. Genug, Emilia, halt ein, bedenke,
    Daß er an dir die Wohlthat deines Vaters
    Nur allzusehr vergolten hat, sein Tod,
    Der deine Wuth entflammt, war ein Verbrechen
    Octavs, doch war es das des Kaisers nicht.

    Die Staatsverbrechen, die der Krone gelten,
    Verzeiht der Himmel, wenn sie uns gelingen,
    Und auf dem hohen Platz, den er uns gab,
    Wird, was geschah, gerecht, was kommen wird,
    Erlaubt. Der, dem's gelingt, ist schuldlos stets,
    Und unantastbar bleibt das, was er that,
    Wir schulden Alles ihm: Besitz und Leben,
    Doch uns fehlt Anrecht auf des Herrschers Leben.

Emilia. Drum dacht' ich nur in dem, was ich gesagt,
    Ihn zu erbittern, nicht mich zu vertheid'gen.
    Bestrafe nur o Herr, den bösen Reiz,
    Der aus dem Günstling den Verbrecher macht.
    Nimm, dich zu sichern, mir mein traurig Leben.
    Verführt' ich ihn, verführ' ich Andre auch,
    Und ich bin mehr zu fürchten, dich bedroht

Noch mehr Gefahr, wenn ich zugleich die Liebe
Mit meines Vaters Blut zu rächen habe.

Cinna. O, daß du mich verführtest! welch' ein Schmerz,
Durch sie entehrt zu werden, die man liebt.
Die Wahrheit soll, o Herr, sich dir enthüllen,
Schon eh' ich liebte, faßt' ich diesen Plan.
Sie meinen Wünschen unerbittlich findend,
Schien sie mir doch für Anderes empfänglich.
Ich sprach von ihrem Vater, deiner Strenge,
Bot meinen Arm und bot mein Herz ihr an.
Dem Weiberherzen ist die Rache süß,
Dadurch wirkt ich auf sie, gewann ich sie,
Ihr wenig geltend, übersah sie mich,
Doch nicht den Arm, der ihr die Rache bot.
Nur meine Arglist schürte die Verschwörung,
Mein ist die Schuld, sie Mitschuld'ge nur.

Emilia. Was sprichst du, Cinna, glaubst du mich zu lieben,
Wenn du der Sterbenden die Ehre raubst?

Cinna. Stirb, doch befleck' im Tod nicht meinen Ruhm!

Emilia. Der meine wird befleckt, glaubt Cäsar dir.

Cinna. Doch ich verlier' den meinen, lenkest du
Den Glanz so edlen Thuns allein auf dich.

Emilia. Nun wohl! nimm' deinen Theil, laß mir den meinen,
Ihn mindern hieß es, raubt' ich deinen dir.

Herr, unsre Seelen sind zwei Römerseelen,
Der Herzen Band verknüpft auch unsern Haß,
Das Angedenken unsrer Väter hat
Uns über unsre gleiche Pflicht belehrt,
Und unsre Herzen haben sich geeint
Im edlen Plan, den unser Geist entwarf.
Wir suchen Beide einen schönen Tod,
Du wolltest uns vereinen, trenn' uns nicht!

Augustus. Ja, treulos undankbares Paar, die ihr
Mehr feind mir als Anton und Lepidus,
Ich werde euch vereinen, weil ihr's wollt.

Der Glut, die euch verzehrt, muß ich entsprechen.
Das Weltall soll erfahren, wie ich's meine,
Erstaunt ob eurer Schuld und meiner Rache.

Dritter Auftritt.

Augustus. Livia. Cinna. Maximus. Emilia. Fulvia.

Augustus. Doch sieh', der Himmel will mir wohl, er hat
Den Maximus der Wogen Wuth entrissen.
Komm her, du einz'ger, treubewährter Freund!

Maximus. Herr, einen Schuld'gen ehre nicht zu sehr.

Augustus. Da du bereut hast, sprich nicht von Verbrechen.
Dir, der mich vor Gefahren hat beschützt,
Verdanke ich mein Leben und das Reich.

Maximus. Berührt von keiner tugendhaften Reue,
Hab' ich dir sein Complot verrathen, um
Dadurch den Nebenbuhler zu verderben.
Euphorbes, der von meinem Tode sprach,
Betrog dich, daß du mich nicht rufen solltest.
Ich wollt' Emilien täuschend und erschreckend
Fortlocken aus Italien und sie
Gewinnen für den Plan sie zu entführen,
In ihr die Hoffnung weckend, daß heimkehrend
Sie den Geliebten würde rächen können;
Doch sie ließ sich so gröblich nicht bethören,
Und ihre Tugend widerstand dem Anschlag.
Sie las in meiner Seele; da das Weitre
Bekannt dir ist, brauch' ich nicht mehr zu sagen;
Du siehst, wie schlecht mir meine List gelang,
Doch soll mir Lohn für meine Kunde werden,
So laß Euphorbes unter Qualen enden
Und mich im Angesicht der Liebenden.
Verrathen hab' ich Freund, Geliebte, Herrn,
Den Ruhm, das Vaterland, dem Rathe folgend,

Den der Verräther gab; doch wär' ich glücklich,
Könnt' ich dafür ihn und mich selbst bestrafen.

Augustus. O Himmel! ist's noch nicht genug, bewahrt
Mein Schicksal in der Meinen Kreis noch Einen,
Der zu verführen ist, dann mögen ihm
Die Unterird'schen ihren Beistand leihn.
Herr bin ich über mich und über's Weltall,
Ich bin's und will es sein. Bewahr', o Zeit,
Das Angedenken meines letzten Siegs.
Zum Zorn hab' ich das höchste Recht, doch ich
Bemeistre ihn, seid dessen stets gedenk.

Komm, Cinna, laß uns Freunde sein, ich wünsch' es.
Du warst mein Freund, ich schenkte dir das Leben,
Und deinem schlimmen Plan zum Trotz schenk' ich's
Aufs Neue dir, der du mich morden wolltest.
Beginnen wir den Wettstreit, laß uns zeigen,
Wer mehr zu geben, zu empfangen weiß;
Du lohnst mein Wohlthun mit Verrath, doch ich
Verdopple es, dich damit zu bewältigen.
Die schöne Freundin geb' ich dir, empfange
Dazu für's nächste Jahr das Consulat.
O meine Tochter, liebe deinen Cinna
Noch mehr als du den Kaiserpurpur liebst,
Mein Beispiel lehre dich den Zorn beherrschen.
Indem ich den Gemahl dir geb', erstatt' ich
Dir mehr zurück, als gäb' ich dir den Vater.

Emilia. Herr, deiner hohen Gnad' ergeb' ich mich
Und seh' aufs Neue klar bei ihrem Licht,
Was mir gerecht schien, scheint mir jetzt Verbrechen,
Ich fühle tiefe Reu' in mir erwachen,
Was Furcht vor Strafe nicht erwecken konnte,
Und im Geheimen stimmt mein Herz ihr bei.

Zur höchsten Macht bestimmte dich der Himmel,
Ich selber liefre den Beweis dafür,
Und rühme dessen mich mit Stolz, da er
Das Herz mir ändert, will er auch den Staat
Verändern. Sterben wird mein Haß, den ich

Unsterblich glaubte; sieh, er ist schon todt,
Dies Herz wird dein getreuer Unterthan,
Das vor des Hasses Wuth erschrickt, es strebt
Dahin, daß es mit Eifer jetzt dir diene.

Cinna. Was sag' ich weiter noch, o Herr, da uns
Für unser Unrecht Lohn statt Strafe wird.
O beispiellose Tugend, Milde, die
Die Macht verherrlicht, meine Schuld vergrößert.

Augustus. Laß uns hochherz'gen Sinns die Schuld vergessen,
Es mag dem Maximus Verzeihung werden;
Verrathen hat er uns, doch euch bewahrte
Die Unschuld er dadurch und gibt zurück
Mir meine Freunde. *(Zu Maximus.)* Nimm aufs Neu' den
Platz,
Den du gewohnt bist, bei mir ein, und kehre
Zu deinem Ansehn, deinem Einfluß jetzt zurück.
Euphorbes auch erhalte unsre Gnade,
Und morgen segne Hymen ihre Liebe,
Liebst du sie noch, so sei dies deine Strafe.

Maximus. Ich murre nicht, es ist nur zu gerecht,
Mehr noch bin ich beschämt durch deine Gnade,
Als neidisch auf das Gut, das du mir nimmst.

Cinna. Jetzt, da ins Herz die Tugend wiederkehrt,
Weih' ich die Treue dir, die ich verletzte,
Sie ist so fest und so unwandelbar,
Daß sie des Himmels Einsturz nicht erschüttert.

Der Lenker menschlicher Geschicke möge
Die Tage dir verlängern, die wir gern
Dir opfern, mög' ich hundertfach für dich
Verlieren, was ich dir allein verdanke.

Livia. Das ist nicht alles, Herr, ein Himmelsstrahl
Durchleuchtet glückverkündend meine Seele.
Horch, was die Götter dir durch mich enthüllen,
Sieh, welch ein Glück das Schicksal dir bestimmt:

Nach dieser That bleibt nichts für dich zu fürchten,
Dem schlimmen Plan entsagt dein ärgster Feind,
Ihm ist's ein Ruhm, dein Unterthan zu sterben,
Der Neid, so undankbar wie feig, wird fürder
Nicht deines schönen Lebens Lauf bedrohn,
Verrath und Mord bleibt deiner Schwelle fern,
Dein ist die Kunst, der Herzen Herr zu sein.
Rom wird jetzt gern mit tiefempfundner Freude
In deine Hand des Weltreich's Scepter legen,
Dein königlicher Geist wird es belehren,
Welch' Glück ihm blüht, wenn du sein Herrscher bleibst,
Vom Irrthum, den es lang gehegt, befreit,
Ist nur die Monarchie sein einz'ger Wunsch.
Schon baut's Altär' und Tempel für dich auf,
Im Götterkreis ist dir ein Platz bereitet,
Die Nachwelt wird in allen Landen dich
Den Fürsten als ein edles Vorbild zeigen.

Augustus. Ich nehme hoffend deinen Ausspruch an,
Denn dich erleuchten stets die gnäd'gen Götter!

Wenn's morgen tagt, laßt uns mit frohen Händen
Bei günst'ger Schau ein doppelt Opfer bringen,
Und den Verschworenen verkündet rings:
August weiß Alles, doch August vergißt.

Ende.

Über tredition

Eigenes Buch veröffentlichen

tredition wurde 2006 in Hamburg gegründet und hat seither mehrere tausend Buchtitel veröffentlicht. Autoren veröffentlichen in wenigen leichten Schritten gedruckte Bücher, e-Books und audio-Books. tredition hat das Ziel, die beste und fairste Veröffentlichungsmöglichkeit für Autoren zu bieten.

tredition wurde mit der Erkenntnis gegründet, dass nur etwa jedes 200. bei Verlagen eingereichte Manuskript veröffentlicht wird. Dabei hat jedes Buch seinen Markt, also seine Leser. tredition sorgt dafür, dass für jedes Buch die Leserschaft auch erreicht wird.

Im einzigartigen Literatur-Netzwerk von tredition bieten zahlreiche Literatur-Partner (das sind Lektoren, Übersetzer, Hörbuchsprecher und Illustratoren) ihre Dienstleistung an, um Manuskripte zu verbessern oder die Vielfalt zu erhöhen. Autoren vereinbaren direkt mit den Literatur-Partnern die Konditionen ihrer Zusammenarbeit und partizipieren gemeinsam am Erfolg des Buches.

Das gesamte Verlagsprogramm von tredition ist bei allen stationären Buchhandlungen und Online-Buchhändlern wie z. B. Amazon erhältlich. e-Books stehen bei den führenden Online-Portalen (z. B. iBookstore von Apple oder Kindle von Amazon) zum Verkauf.

Einfach leicht ein Buch veröffentlichen: **www.tredition.de**

Eigene Buchreihe oder eigenen Verlag gründen

Seit 2009 bietet tredition sein Verlagskonzept auch als sogenanntes "White-Label" an. Das bedeutet, dass andere Unternehmen, Institutionen und Personen risikofrei und unkompliziert selbst zum Herausgeber von Büchern und Buchreihen unter eigener Marke werden können. tredition übernimmt dabei das komplette Herstellungs- und Distributionsrisiko.

Zahlreiche Zeitschriften-, Zeitungs- und Buchverlage, Universitäten, Forschungseinrichtungen u.v.m. nutzen diese Dienstleistung von tredition, um unter eigener Marke ohne Risiko Bücher zu verlegen.

Alle Informationen im Internet: **www.tredition.de/fuer-verlage**

tredition wurde mit mehreren Innovationspreisen ausgezeichnet, u. a. mit dem Webfuture Award und dem Innovationspreis der Buch Digitale.

tredition ist Mitglied im Börsenverein des Deutschen Buchhandels.

Dieses Werk elektronisch lesen

Dieses Werk ist Teil der Gutenberg-DE Edition DVD. Diese enthält das komplette Archiv des Projekt Gutenberg-DE. Die DVD ist im Internet erhältlich auf **http://gutenbergshop.abc.de**

.

Zeitfracht Medien GmbH
Ferdinand-Jühlke-Straße 7
99095 Erfurt, Deutschland
produktsicherheit@kolibri360.de